허니비

N°
14

문학에서 발견하는
무한한 좌표들,
은행나무 시리즈 N°

허니비

박문영 소설

은행나무

차례

군부대 활주로에는 수백 명이 서 있었다. 그들의 얼굴빛은 죄다 불그죽죽했다. 소문은 헛소리가 아니었다. 경계 철책과 통제선은 몰려드는 사람들을 막지 못했다. 경고사격도 소용없었다. 어린 군인들은 바닥에 총을 내려놓은 채 하품을 했다. 모래바람 속에서 통곡이 이어졌다. 활주로에 모인 이들은 고개를 들어 한곳을 지켜보고 있었다. 중형 여객기 탑승구였다.

"번개가 칠 거야. 너희는 하늘이 심판할 거라고."

"그래. 그 심보로는 가는 길에 운석에 맞을 거다."

"저기가 지옥이지 여기는 지옥이 아니야."

사람들이 잇따라 고함을 지르자 **아기를 안은 여자들**이 저마다 손과 옷섶으로 아기의 귀를 막았다.

여객기 좌석에 앉은 이들은 점퍼나 책자로 창문을 가렸다. 활주로에 있는 사람들과 눈을 마주치지 않기 위해서였다. 갈 길은 멀었다. 그러니 감정의 동요를 최대한 막아야 했다. 창문을 가리지 않은 이들은 선체를 주먹으로 두드리는 사람들을 내려다보았다.

"곧 이륙합니다. 어서 타세요."

안내원의 말을 들은 누군가 갑자기 몸서리를 치며 등을 돌렸다. 탑승구 바로 앞에 서 있던 여자였다. 층계 난간을 짚은 여자는 땅 위로 풀썩 뛰어내렸다. 머리끈이 풀어지자 여자의 긴 머리카락이 바람에 세차게 휘날렸다. 여자는 무표정한 또래 여자에게 다가가 손에 무언가를 쥐여주었다. 탑승권이었다. 빈손이 된 여자는 행렬을 뚫고 어딘가로 터벅터벅 걸어나갔다. 카메라를 든 사람들 쪽이었다. 여자의 얼굴은 마구잡이로 날리는 머리카락에 뒤덮었다.

"이렇게는 안 돼. 사람이 이럴 수는 없다고. 여러분, 오늘은 인류 역사상 가장 수치스러운 날로 기억될……"

여객기가 이륙하는 소리에 여자의 뒷말이 뭉개졌다. 활주로에 모여 있던 이들이 여객기를 따라 뛰었다. 무릎과 폐가 튼튼하지 못한 그들은 곧 땅바닥에 주저앉았다. 부질없는 짓이었다. 무슨 훈련을 받는 건지 이해하지 못한 군견들만 활주로 끝까지 있는 힘껏 달려나갔다.

레아는 무리를 따라 뛰는 군견 한 마리를 골똘히 쳐다봤다. 엉겁결에 달려나간 개가 놀란 건지, 신이 난 건지 뒷모습만으로는 잘 알아챌 수 없었다. 사람들은 지겹게 봐서 새삼 자세히 볼 필요가 없었다. 여객기 주변에 붙은 인파는 사람처럼 보이지도 않았다. 그들은 그저 각다귀나 진드기 떼 같았다.

얼마 후 레아는 베개 옆에 테트라를 내려놓았다. 붕대로 감긴 얼굴이 따가웠다. 눈이 시리고 손목도 저렸다. 몇 분 후면 검진 시간이었다. 의사들에게 굳이 책잡힐 이유는 없었다. 그들은 놀란 표정으로 어제 했던 말을 또 할 것이다.

"수술 후엔 안정을 취하셔야죠. 자극적인 영상은 곤란해요. 테트라를 멀리하시면 좋을 텐데요."

레아는 안정을 취하기 위해 테트라가 필요하다고 생각했다. 영상을 재생시키면 세상 모든 인간이 한심해 보였다. 18세가 되자 테트라 접속창에 보호자인 사이먼의 개인정보를 입력할 필요가 없었다. 레아는 성인이 된 날부터 아듀를 기록한 영상을 모조리 찾아봤다. 드라마든 영화든 다큐멘터리든 배우들이 연기한 건 죄다 별로였다. 실제 영상이 더 좋았다. 초라한 사람들, 영웅 노릇에 취해 더 초라한 사람들을 있는 그대로 보고 싶었다. 2199년 3월 4일에 대한 르포물은 숱했다. 블랙다운, 검은 새벽의 날. 200년이 지난 지금도 사람들은 이날을 기억했다.

병원 복도 끝, 창가에 선 사이먼은 밖을 내다봤다. 복도 가운데 멍하게 서 있으면 누군가 말을 걸 것 같았다. 사이먼이 실눈을 떴다. 병동 뜰에 모인 인부들이 묘목 몇 그루와 지지대를 옮기는 중이었다. 어린 굴거리나무 가지는 지나치게 가늘었고 잎사귀 가장자리는 검붉었다. 잎이 원래 저런 색이라는 사실은 알고 있었다. 하지만 울적한 상상을 멈추기 어려웠다. 나무 안에 혈액이 돈다면, 저 나무가 크게 다친 거라면. 사이먼이 관자놀이를 꾹꾹 눌렀다. 이파리 끝은 아무리 봐도 피가 굳은 색 같기만 했다. 사람들은 나무들이 죽어도 자꾸 심었다.

의사는 다행히 레아의 회복세가 빠르다고 했다. 하지만 사이먼은 레아를 나중에 보고 싶었다. 미룰 수 있다면 계속 미루면서. 수술을 두고 가족과 얼마나 다퉜을까. 싸움을 왜 멈출 수 없었을까. 정신을 차리고 나면 귀가 얼얼했다. 누구도 아닌 자신이 큰 소리로 화를 내고 있었기 때문이다.

"레아가 원하잖아. 절실히 원한다잖아."

"애 투정을 어디까지 들어주게? 다 들어주면 너도 레아도 망가져. 네가 가진 감정이 애정인지 연민인지 잘 구별해야지."

"내가 연민 따위에 휘둘리는 것 같아? 난 해줄 수 있는 걸 해줄 뿐이야. 우리 정도면 형편이 나쁜 것도 아니잖아."

어느 날부터 대꾸 없이 고개를 젓던 배우자는 짐을 꾸려 다른 도시로 떠났다. 친구들은 얼마 후 그가 아이가 있는 여자와 재혼했다는 소식을 전해줬다.

"그럴 수 있지. 그럴 수 있어."

그럴 순 없다고 생각하면서도 사이먼은 이런 대답을 했다. 우는 일도 여력이 있어야 가능했다. 탈진할 것 같은 몸에서는 웃음이 새어나왔다. 이제 사이먼에게 남은 건 레아 하나였다.

부부는 레아가 머리카락을 남보라색으로 염색했을 때 그저 웃었다. 등판 한가득 문신을 새겼을 때는 새벽까지 대화를 나눴다. 레아가 눈썹을 전부 밀고 혀에 피어싱을 한 날에는 가족 모두가 공원에 나갔다. 밖이라면, 밝고 가벼운 마음으로 외출한 사람들 편에 둘러싸인다면 큰 싸움을 피할 수 있을 것 같았기 때문이다. 하지만 레아는 고개를 숙인 채 입을 내내 다물고 있을 뿐이었다. 바람이 불자 세 사람이 실눈을 떴다. 햇빛에 드러난 레아의 귀를 본 사이먼이 짧은 신음을 내뱉었다. 왼쪽 귓불부터 귀 뒤편까지 피딱지가 엉겨 있었다.

"왜 그런 거야? 왜 몸에 상처를 냈어?"

레아가 성가시다는 듯 머리카락을 귀 뒤로 넘겼다. 순간 부부는 레아의 입이 열리지 않길 바랐다. 대답을 듣고 싶지 않았다.

"알고 있잖아. 다르게 보이고 싶으니까."

잠시 후 배우자가 사이먼의 손을 잡으려 했지만 사이먼은 그때 주먹 쥔 손을 펴지 않았다.

주먹을 펴지 않은 걸까, 주먹을 펴지 못한 걸까. 그걸 따지는 일이 이제 와 무슨 의미가 있나. 눈을 껌뻑이던 사이먼이 창틀에 손을 올렸다. 병원 복도가 따뜻한데도 몸에 오한이 느껴졌다. 사이먼은 레아가 처음으로 상처 입은 날을 떠올렸다. 피는 흐르지 않았지만 피보다 더한 무언가가 아이에게서 뚝뚝 떨어지고 있었다.

그날, 사이먼은 리모컨의 전원 버튼을 재빨리 눌렀다. 모니터가 컴컴해졌다. 하지만 늦었다는 생각을 지울 수 없었다. 어차피 계속 숨기긴 어려웠다. 쇼는 아무때나 다시 나왔고 열세 살 레아에겐 테트라가 생겼다. 무엇보다 레아는 이제 매일 집 밖에서 자신 나름의 관계망을 이어나가고 있었다. 저 쇼에 대해 얼마나 알고 있는 걸까. 이미 다 파악했을까. 사이먼은 프로그램 방영 폐지 운동에 동참하지 않은 걸 후회했다. 회사 업무가 늘어난데다 그따위 쇼가 정말 만들어질 거라고 예상하지 못했기 때문이다.

"나는 찍어낸 거고, **저 아기들은 만들어진 거래.**"

카펫의 귀퉁이 솔기를 잡아당기며 레아가 말했다. 사이먼이 레아 앞에 쪼그려 앉았다. 눈높이가 같아지도록 몸을 최대한 숙여야 했다. 입가에서 미소가 지워지면 곤란했다.

"누가 그런 말을 해?"

"친구들한테 들었어. 나는…… 아니다. 나 같은 애들은 국가에서 모자란 인력을 충당하려고 제작했대."

"친구들이 벌써 그렇게 어려운 단어들을 알아? 그런데 되게 이상한 문장이구나."

레아와 사이먼 사이에 정적이 흘렀다.

"**진짜로 사랑해서, 진짜로 낳은 아기들**은 저 안에 있잖아."

레아가 먹색 모니터를 가리키며 말했다. 사이먼은 모니터를 쳐다보다 그 위의 가족사진으로 시선을 옮겼다. 아이, 배우자, 자신. 셋의 모습이 갑자기 낯설어 보였다. 가족사진 옆에는 선대들의 땅인 투발루 사진이 있었다. 아홉 개의 섬들이 바다에 완전히 잠기기 전의 모습이었다.

"두 아빠 다 너를 사랑하는데? 알잖아. 우린 너를 낳진 않았지만, 너를 많이 사랑해."

"아기는 여자랑 남자가 사랑해야 낳을 수 있대."

무슨 소리를 듣고 왔는지 레아가 억지를 부렸다. 여자와 남자만 아기를 기를 수 있는 게 아니라는 사실을 잘 알고 있을 텐데도 이렇게 구는 건 재차 확인이 필요해서일 것이다. 내 말이 틀렸다는 걸 알려달라고, 나를 안심시켜달라고. 사이먼은 이런 시기 역시 아이의 자연스러운 성장 과정 중 일부라고 생각했다.

교육을 거듭해도 차별을 없앨 순 없다. 어느 시대든, 어느 장소든. 그 때문에 교육은 늘 중요한 법이었다.

"사람을 낳지 않는 사람도 사람을 사랑할 수 있어. 얼마든지. 우리 가족을 봐."

부부는 이미 오래전, 레아에게 자신들이 투발루에서 이민한 세대의 먼 후대라는 사실을 말했다. 입양과 클론의 뜻은 아이가 문장을 구사할 수 있을 때부터 차분히 알려줬다. 양육 수당에 대한 설명도 마찬가지였다.

"너를 기르는 데 보태라고 나라가 도움을 줘. 여러 가지 도움이 있는데 거긴 돈도 있지. 아빠들은 그걸 안 쓰고 모으는 중이야. 봐봐, 이건 네 이름으로 된 계좌야. 네가 성인이 되면 전부 너한테 주려고."

아이에게 가닿아야 할 이야기에는 적당한 시기와 알맞은 단어가 필요했다. 사이먼은 배우자와 함께 말을 세심히 골랐다. 나중에 한꺼번에 전하는 방식은 둘 다 반대였다. 정보 공개는 매사 투명한 편이 좋았다. 하지만 오늘처럼 아이가 불안해한다면 언제든 상냥한 태도로 안정감을 줘야 했다. 했던 말을 더 쉽고 느리게 풀어야 했다.

"넌 우리에게 필요해서, 꼭 필요해서 온 거야. 선물처럼 귀한 사람이라고."

"클론은 남의 유전자를 갈아끼운 생물이야. 채취한 난자에서 원래 핵을 빼내고 다른 핵을 넣어서. 복제한 인간이 어떻게 귀해?"

사이먼이 눈썹을 긁었다. 레아는 친구들의 말만 들

은 게 아니었다. 방에서 뭔가를 또 보고 읽었을 것이다. 어쩌면 친구는 없을지도 몰랐다. 레아에게 그런 말을 하는 무리는 레아의 머릿속에만 있을지도. 진짜이거나 가짜이거나 레아가 친구들을 앞세우는 이유는 하나였다. 양육자인 자신의 반론을 안전한 위치에서 듣기 위해서.

사이먼은 목을 반 바퀴 돌렸다. 테트라 보안 프로그램을 개선하는 요즘은 어깨뼈가 더 쑤셨다. 자신을 뚫어지게 쳐다보는 레아 앞에서 결국 사이먼은 나머지 반 바퀴를 다 돌리지 못했다. 레아는 알아내야 할 게 있으면 반드시 알아내야 하는 아이였다. 경로에 아무리 나쁜 자료가 있어도 답에 다다를 때까지 집요한 탐색을 멈추지 않았다.

"클론도 우리의 엄연한 동료 시민입니다. 아빠는 이 말이 안 웃겨?"

사이먼이 레아의 어깨에 손을 얹으려다 말았다. 자신의 손이 너무 크고 무거울 듯했다. 그리고 레아가 하고 싶은 말을 우선 다 하게 내버려두는 게 나을 것 같았다.

"인간도 우리의 엄연한 동료 시민입니다. 난 클론들이 이런 소리 하는 건 한 번도 못 들어봤거든."

레아가 득의양양한 표정으로 말했다. 그 차이를 발견한 게 기쁘다는 듯이. 게임에서 이기기라도 했다는 듯이. 사이먼은 레아를 데려오는 순간부터 레아를 절대 가여워하지 않을 거라 다짐했지만, 눈앞의 레아는 참을 수 없이 가여웠다.

"그랬구나."

알맞은 답이 생각나지 않았다. 사이먼은 죽고 없는 사람들이 원망스러웠다. 클론을 괴물이나 기계로 묘사한, 수 세기 전 사람들 말이다. 그들이 상상한 클론의 태반은 진열대의 공산품이나 인간이 되고 싶어 하는 모작 정도였다. 쌍둥이를 한 번도 못 봤나. 클론이 사람과 전혀 다른 몸을 갖고 있다고 생각한 건가. 게다가 클론이 왜 인간을 동경할 거라 판단한 걸까. 대체 무슨 근거로 자신들이 사본과 엄청난 차이라도 있는 듯 굴었을까. 인간의 핵 세포로 만든 클론에게 자아와 영혼이 없다면 그건 인간에게도 자아와 영혼이 없다는 뜻이었다.

사이먼은 휴머니즘을 전면에 내세우는 드라마가 그래서 싫었다. 인간들끼리 서로 뭉치기 위해 외부의 적을 세우기. 적의 모습을 최대한 흉측하고 포악하게 그리기. 주제를 드러내기 위한 방식이 조금도 섬세하거나 정교하지 않았다. 클론을 선량하고 정의롭게 묘사한 이야기는 더 싫었다. 그 클론들은 심지어 인간들을 위해 아무 조건 없이 싸웠다. 마치 인간을 위해 태어난 것처럼 살다 미련 없이 죽었다. 레아가 자리에서 일어났다. 사이먼은 레아의 눈을 올려보며 답해야 했다.

"너는 누구도 대신하지 않아. 누구도 너를 대신할 수 없고."

레아가 사이먼을 내려다봤다. 눈빛이 어둑했다. 네 번째 로봇 햄스터가 수명을 다했을 때도 아이는 울지 않고 저런 표정을 지었다.

"인간과 클론은 똑같이 소중해."

흠 없는 답이 사이먼 자신의 귀에 어쩐지 공허하게 들렸다. 사이먼이 레아의 손을 잡으려고 하자, 레아가 팔을 뒤로 빼고 말했다.

"학교에서 봤어."

"뭘 봤는데?"

"전학 온 애. 나랑 얼굴이 똑같은 클론."

붕대가 풀리면 곤란했다. 레아는 손가락 끝으로 이마를 조심히 내리눌렀다. 머리통이 가려웠지만 참아야 했다. 이를 꽉 다문 레아는 창가에 세워둔 책들을 쳐다보았다.《갱스터 힙합의 역사》《올댓 게토 뮤직》《알려지지 않은 리미널 스페이스》《뉴미디어 바로 보기》《그들이 떠난 새벽》《재활 행성 지구》《침입종과 도입종 사전》《개정판 클론 인권》《인류의 진화는 끝나지 않았다》《사진으로 살펴보는 21세기부터 24세기》. 병원 도서관에서 빌린 책은 두 권, 집에서 가져온 책은 여덟 권이었다.

근대 인류사를 자세히 들여다보려면 테트라보다는 책자가 더 나았고, 그중에서도 철학서나 학술서보다는 자의적 서술이 다소 가미된 대중 과학 인문서가 더 재밌었다. 논픽션을 기반으로 했지만 편견과 맹점이 섞인 시야, 비장하면서도 조잡한 문장, 묘하게 자세한 이미지. 레아는 세상의 뒷면 풀이에 푹 빠져든 십대였다. 남의 관점을 자기 관점인 것처럼, 남의 생각을 자기 생각인 것처럼 드러낼 때는 스스로도 흠칫 놀랐지만 상대방의 표정을 보면 어쩐지 우쭐해지기도 했다. 과도한 생략과 과도한 비약. 레아는 빼기와 곱하기라는 두 연산법으로 세계를 이해해나갔다.

창가의 책 제목들을 지그시 훑어보던 레아는 《사진으로 살펴보는 21세기부터 24세기》라는 책을 집어들었다. 표지를 들추자 약력 위에 조그만 저자 사진이 있었다. 억지로 웃는 듯한 입매, 피곤해 보이는 눈가. 카메라 앞에 질질 끌려나온 듯한 표정이었다. 셔츠 디자인을 보니 20년 전 사진을 쓴 걸지도 모르겠다는 생각이 들었다. 아니면 유행에 아예 관심이 없거나. 저자는 다년간의 세계 여행을 마치고 이곳 한국에 정착한 독일 학자였다.

책의 속지 색상은 네 개로 분리되어 있었다. 각 세기가 다른 색으로 인쇄된 형태였다. 21세기는 진한 회색, 22세기는 완전한 흑색, 23세기는 회색, 24세기는 연한 회색. 명도는 지금 세기가 가장 높았다. 나아졌다는 걸

강조하기 위해서겠지. 바닥을 쳤으니 올라갈 수 있다고 믿는 거고. 레아는 이마를 다시 한번 눌렀다. 그리고 책 속에서 눈길을 사로잡는 구절을 골라 읽었다.

121p 〈아듀〉

22세기가 끝나갈 무렵, 인류의 절반은 다른 행성을 찾아 도망쳤다. 몇 해에 걸쳐 서서히 벌어진 일이었다. 의혹이 점점 불어나자 내부 고발자들의 양심 고백이 이어졌다. '우주'와 '개발'과 '협력'이란 단어가 들어간 긴 사업명은 사실이 아니었다. 그건 그저 비밀리에 진행된 도피성 이주에 불과했다. 그들이 어느 행성으로 간 건지, 탑승 자격과 기준은 어떻게 정한 건지, 얼마나 오래 계획한 건지, 결정권자들이 누구인지에 관한 질문이 쏟아졌지만 답이 중요한 건 아니었다. 그토록 얄팍한 사기를 벌이고 그토록 얄팍한 사기에 속았다는 사실만이 중요했다. 어차피 책임을 질 이들은 없었다. 그들을 실은 우주선 여러 대는 대기권을 뚫고 나가 보이지 않는 점이 되었다. 우주선에 실은 지식과 기술도 아득히 멀어졌다. 눈에 보이는 쉬운 것들은 여기

남았지만, 눈에 보이지 않는 어려운 것 대부분은 우주선에 오른 자들이 쥐고 나갔다. 2199년 3월 4일은 마지막 우주선이 떠난 날이었다. 우주선의 이름은 '아듀'였다. 사업에 관한 모든 말은 허구였지만 아듀라는 이름 두 글자만은 철저하게 정직했다. 지구에서 달아난 이들이 여기 두 번 다시 돌아올 일 없다는 뜻에서.

144p 〈블랙다운 에이지, 검은 새벽의 시대〉

지구엔 남겨진 사람들뿐이었다. 오염된 지구를 구할 방법은 없었다. 아듀가 떠나기 전에도 누구나 내릴 수 있던 결론이었다. 비관론엔 근거가 차고 넘쳤다. 뇌우, 해일, 홍수, 폭우, 혹서, 혹한, 화재, 지진. 지구가 몸을 뒤트는 동안 사람들이 손댄 것은 대부분 부서져버렸다. 그토록 안전하다던 돔 시티도 마찬가지였다. 아듀 사태 직후 세상의 꼴은 지옥과 한층 더 비슷해졌다. 내전과 폭동, 약탈과 분쟁이 정해진 경로를 따라 이어졌다. 나라의 수는 줄어들었고 예견되었던 재앙도 연이어 찾아들었다. 국가와 정부가 기본적인 행정력을 갖추기까지 숱한 나날이 흘렀다. 사회 지도계층은 사람들이 최대한 평화롭게 죽어가길 원했다. 그들이 가장 꺼리는 건 시위와 데모를 비롯한 다양한 종류의 저항 행동이었다. 자연사, 느린 자연사. 이곳에서 안락하게 사는 사람들의 꿈은 같았다. 저무는 지구에서 최대한 잠잠히 사는 것. 모두가 주제와 분수에 맞게 적당히 존재하는 일. 그건 자신들을 포함한 이 땅의 무력한 이들에게 절실히 필요한 생존책일지도 몰랐다. 하지만 해질녘 우등버스 좌석에 앉아 졸듯이 눈을 감는 이가 그 당시 몇이나 됐을까. 버스 밖은 화염인데.

171p 〈메트로, 게토, 리부트〉

사람이 머물지 않는 건물은 기울다 무너졌고 도시 곳곳에 남은 랜드마크는 흉물이 되었다. 덜 파손된 흉물 중 일부는 다른 행성으로 이주하는 일을 단념하고 지구에 남은 이들을 기리는 기념관으로 쓰였다. 호국, 충정, 용맹과 같은 단어는 아듀를 탈 수 있는데도 타지 않은 사람들에게 먼저 돌아갔다. 2200년대 중반기가 지나자 아듀가 자신들을 다시 데리러 올 거라 믿는 이들은 한 줌도 되지 않았다. 사람들의 거주지는 크게 셋으로 나뉘었다. 과학소설에서 숱하게 그려진 계급 사회처럼 말이다. 그 소설들과 다른 점이 있다면 이곳엔 계급을 의식하고 계급을 뛰어넘으려는 주인공들이 없다는 사실이었다. 사람들은 곤충과 같이 맡은 역할을 이어갔다. 인간적인 것은 비자연적인 것, 비인간적인 것은 자연적인 것인 셈이었다. 도시, 빈민가, 재건지구. 더 널리 쓰이는 말은 메트로, 게토, 리부트. 인구 10만 정도의 통폐합 도시는 메트로라 불렸다. 도심 밖 빈민가는 게토였다. 재건지구인 리부트는 재생과 회복을 위한 경계 지역이라고 했지만 사실상 부유층이 몰려 있는 특구였다. 자원이 줄어든 지구에서 옛 핸드폰이나 TV를 본뜬 여가형 전자 기기는 '테트라'란 이름으로 통칭되었고, 테트라는 주로 리부트 사람들만 사용했다. 남는 시간에 접할 수 있는 자료, 다시 말해 살아가는 데 꼭 필요하진 않은 이미지와 텍스트가 나오는 기계는 소수의 귀중품이 되었다.

195p 〈대중화된 기계, 휴루〉

광막한 땅에는 반려 기계 휴루가 널리 쓰였다. 기능

이 많지는 않은 보급형 생필 기기였다. 휴루는 적당한 백색소음을 내고 벽과 커튼에 인간 형태의 그림자를 드리웠다. 휴루는 사용자와 간단한 대화를 나눌 수 있었고 위급한 상황에 경찰서와 병원으로 구조 요청을 할 수 있었다. 일종의 편의 인간에 가까운 꼴이었다. 생명체가 불필요한 부산물, 불필요한 감정을 내보낸다면 휴루는 함께 있는 감각과 분위기만을 조성했다. 존재가 아니라 존재감에 방점이 있었다. 휴루와 지내는 사람들은 덜 쓸쓸했다. 혼자 적적히 죽어간다는 사실을 덜 떠올렸다. 불임과 난임이 흔한 세상에서 휴루는 적절한 대체 인간이었다. 내부가 빽빽하고 의식이 복잡한 인간은 버거웠다. 사람들은 인간이 아니라 인간의 껍질, 인간의 느낌 정도에 만족했다. 원하든 원하지 않든 임신을 할 수 있는 이들은 백에 서넛이었다. **자연 임신**은 드물었다. 제초제와 수은 그리고 방사능에 절여진 땅은 사람보다 일찍 생식 기능을 잃어갔다. 인공 시험관이나 외부 포궁을 이용한 수정 기술은 퇴보했고, 전문 지식을 가진 이들은 너무 적었다.

232p 〈기나긴 분쟁〉

다국적 테러 집단들에 의해 크고 작은 냉동인간 시설이 폭파되었다. 삶을 중지시킨 뒤 언젠가 나아질 세상을 맞이하려던 이들의 꿈은 허무하게 부서졌다. 현장에서 체포된 한 테러범의 말은 한동안 널리 회자되었다. "부활은 없어요. 모두 지금 삶에 투신해야 합니다. 이 문을 열고 도망쳤다가 다른 문을 열고 끼어드는 짓은 이제 도저히 용납할 수 없다고요. 그런 짓거리는 아듀 하나로 충분하지 않았나요. 저는 여기서 멈추지만, 우리는 단 하나의 질소 탱크도 남기지 않을 겁니다." 몇 세기 전 복제 양 돌리처럼 복제 동물을 만들 수 있게 되었다고 들떴던 시기도 잠깐이었다. 냉동인간 시설에 이어 발생학 연구소와 클론 배양 기관은 수시로 화염에 휩싸였다. 소멸을 받아들이자. 소멸을 받아들이지 말자. 동물의 유전자는 실험 대상이 될 수 없다. 동물의 유전자도 실험 대상이 될 수 있다. 논의는 매번 원점으로 되돌아가는 듯했다. 하지만 강력한 보안 시설을 갖춘 연구 단지가 더 생겨났고 거기로 막대한 지원금이 흘러들었다. 초창기 복제 쥐들은 배아 상태에서 생명 활동을 멈췄다. 최장 수명을 누렸던 세 마리는 생후 4개월 즈음, 약속이라도 한 듯 숨을 거두고 말았다. 똑같은 얼굴로 똑같이 운명을 다한 그들의 모습은 블러 처리된 상태로 뉴스에 3일 정도 나왔다. 뿌옇게 뭉개진 클론들의 형태는 실제보다 더 기괴하고 절망적이었다. 사람들은 생명을 놓아버린 지구와 지구를 놓아버린 아듀를 동시에 비난했다.

266p 〈카오스 이후〉

아기를 향한 염원은 세기를 타고 사람들의 무의식 속에 잠잠히 출렁였다. 하지만 안 되는 일은 안 되는 일이었다. 이 땅에서 출생은 숭고한 가치를 지닌 사건이었지만, 드문 사건은 점점 상상의 영역으로 밀려났다. 상상은 관념으로, 관념은 파편으로 흩어졌다. **아기를 낳아 길러내는 일**은 기가 찰 사치와 다름없었다. 임신 가능성이 거의 없는 이들마저 콘돔을 사고 달력에 성교 금지 주간을 표시했다. 아기를 배에 품을 수 있는 이들은 관성적인 존중과 구체적인 질시를 함께 받았다. 멀어지는 아듀를 직접 목격한 사람들에겐 다음 세대를 걱정할 여유가 없었다. 땅만 더러운 게 아니었다. 스모그와 페놀로 하늘도 침침했다. 지금, 여기서 버티는 것. 수고스러운 일을 최대한 줄이고 살아가는 것. 무탈한 삶이 최대 목표였다. 심심한 나날 속에서 심드렁한 기분을 유지하는 일이 중요했다. 이따금 술과 약이 필요했다. 술과 약이 꾸준히 필요했던 이들은 얼마 지나지 않아 정신을 잃었다. 불법으로 재배된 향정신성 식물들은……

레아가 고개를 돌려 문 아래쪽을 쳐다봤다. 문틈으로 슬리퍼 몇 개가 보였다. 곧 병실 문이 부드럽게 열렸다. 의사들은 유령처럼 기척 없이 다가왔다. 레아는 책장에 시선을 그대로 뒀다. 한 의사가 책의 제목을 엿보려고 하자 레아가 베개로 책을 덮었다.

"독서 중이셨군요. 저희가 좀 늦었죠? 어디 불편한 데는 없으시고요?"

레아가 고개를 한 번 끄덕였다.

"밖에 보호자분이 계신 것 같던데."

레아는 이번에도 고개를 한 번 끄덕였다.

"아, 이미 만나셨나보네요."

의사들은 레아의 체온과 혈압, 호흡과 맥박 그리고 링거의 수액 양을 확인했다. 별다른 문제는 없었다. 레아에겐 사이먼이 며칠 동안 복도를 서성거리다 가는 일도 큰 문제가 아니었다. 아빠는 언제나 잡념이 많았다. 레아는 의사들이 돌아간 뒤 다시 책을 읽어 내려갔다.

403p 〈더딘 복구, 느린 기적〉

세상이 폐허라는 사실을 부정하는 이는 없었다. 하지만 모든 곳이 황량한 건 아니었다. 사람들이 줄어든 대지는 여러 표정을 드러냈다. 볼품없이 눌린 것들에도 자세히 보면 틈과 숨통이 있었다. 남은 사람들은 마스크와 방독면과 방호복을 차례로 사용했다. 셋 모두가 필요한 시기도 있었다. 그러나 오랜 시간이 흐르자 셋 모두가 필요하지 않게 되었다. 연명 치료를 유지하던 지구는 재활에 들어갔다. 그 모습은 목발을 짚고 오르막길을 천천히 오르는 노인과 비슷했다. 수술을 받을 만한 체력은 없지만, 운동과 식이요법으로 근근이 생활을 꾸려가는 사람. 아듀 사태 직후의 인류는 지구에 종말이 닥칠 것으로 예상했지만 실제는 달랐다. 상당수의 인간이 지구를 떠나자, 지구는 푸른빛을 되찾아갔다. 겨울은 선명한 죽음이 아니라 희미한 봄을 불러왔다.

451p 〈서행, 슬로우 스텝 무브먼트(SSM)〉

아듀 사태의 소요가 끝나갈 즈음, 각국 정부마다 생태부가 가장 중요한 부처로 자리를 잡았다. 법안이 한없이 계류될 필요가 없는 대통령 직속기관이었다. 대다수 기업이 탄소 저감 정책을 이어나갔고 재생 에너지 개발에도 다시 박차를 가했다. 쓰레기를 열에너지로 변환하는 방식은 보편화되었다. 산림 개간과 해양 개발도 장기사업이었다. 단기간에 한 종만을 재배, 육성하는 방식은 폐기되었다. 속도가 아닌 방향이 중요했다. 조금씩, 느리게. 캠페인을 통해 슬로우 스텝 운동이 널리 퍼졌다. 인간이 빠져나간 후 무너진 건 결국 문명 하나였다. 복구한 것, 복귀된 것들이 늘어났다. 동식물이 되찾은 영역은 끝도 없었다. 행동발달학자들의 의견에 따르면 20세기 이후로 인간의 평균 지능이 점차 낮아지고 있다지만 그건 단순한 수치상의 문제일 것이다. 우리가 어디로 가고 있는지 그리고 이 걸음을 퇴보라 부를 수 있는지는 두고 봐야 할 일이다.

402p 〈인간과 동행하기 시작한 클론〉

멈추지 않을 것 같았던 논란이 걷히고, 협약에 협약을 거쳐 복제인간이 만들어졌다. 초반의 실패를 딛고 몇 단계의 시행착오를 겪은 뒤였다. 장기 이식을 위한 교체용 클론, 우수한 유전자를 선별 편집한 클론을 만드는 일은 원천 금지되었다. DNA 은행에는 기존 기증자에 더해 난자와 정자를 제공하는 이들이 늘어났다. 유전자 풀이 늘어났다는 것은 긍정적인 신호였다. 엄격한 인준 절차를 거쳐, 클론이 주로 겪던 중증 질병 인자만 배아 수정 단계에서 제할 수 있었다. 폭력과 학대를 방지하기 위해 클론의 귀 뒤편엔 이상 고통 감지 장치도 삽입되었다. 클론이 평균 수치 이상의 스트레스를 받는 즉시 전담 센터가 그 신호를 감지하기 위해서였다. 24세기 인간의 평균 수명은 60세, 클론의 평균 수명도 60세였다. 약 두 세기 동안 전자는 20년이 줄어들었고 후자는 20년이 늘어났다. DNA 끝부분의 텔로미어 길이를 유지시키는 기술을 통해 세포분열을 거듭해도 클론의 수명이 빨리 닳지 않게 되었기 때문이다. 이제 클론과 인간의 차이는 없다시피 했다.

435p 〈함께 계속 가야 할 길〉

클론은 신생아 단계에서 희망 가구에 한 명씩 보내졌다. 영유아 시기를 새롭고 다양한 환경에서 일찍 겪어나가는 것이 클론의 심신발달에 더 낫다는 연구 결과가 속속 발표되었기 때문이다. 매년 통계청 발표에 따라 입양 클론의 명수가 정해졌다. 입양을 희망하는 가구는 인지력과 성격 검사, 소득 수준 및 양육 환경 조사를 포함한 취합 심사를 거쳐야 했고 범죄 이력이 없는 한 승인율은 높았다. 클론을 용인할 수 없는 이들은 클론의 생산방식 자체를 내내 문제삼았다. 복제 기술에 여러 장치를 걸어둔대도 폐해가 뻔한 비윤리적인 시스템이라는 사실엔 변함이 없다고 했다. 클론을 용인하는 이들은 생산방식에도 동의했다. 인류 문명

은 언제나 대안을 마련했고, 그 안을 발전시켰다고 했
다. 이미 세상에 나온 클론들은 차라리 클론의 목적과
효용을 인정하는 이들에게서 위로를 받았다. 클론을
만들어내면 안 된다는 측의 주장에도 타당한 근거는
있었다. 그들은 인간의 존엄성이란 유구하고도 강력
한 가치라고 설파했다. 때문에 클론들은 오히려 윤리
적인 사람들에게 상처를 받았다.

여기까지 읽은 레아는 책을 덮어 창가 턱에 툭 던졌
다. 수술 후유증인지 속이 한동안 울렁거렸다. 빈 트림
이 연이어 나왔다. 아무래도 잘못 고른 책 때문인 것
같았다. 형식이 후진지, 내용이 후진지, 둘 다 후진지
판단하기 어려웠다. 책의 주된 내용은 레아도 얼기설
기 접한 근대사였다. 하지만 이번 책은 저자가 짧게 이
어붙인 감상과 설명에 도통 재미가 없었다. 레아는 이
불 위에 떨어진 속눈썹 하나를 집어 그 가운데를 손톱
으로 세게 눌렀다. 자신의 털이 확실했지만, 자신에게
서 떨어져나온 털은 불쾌해 보이기만 했다. 눈을 감은
레아는 머릿속을 이리저리 휘도는 책의 구절들을 밖으

로 몰아내기 위해 애썼다. 하지만 그럴수록 뇌리에 붙은 문장 몇 개가 잊히지 않았다.

"다 알아. 다 안다고."

레아는 누군가에게 성을 내듯 혼잣말을 했다.

"그러니까 그딴 소리 좀 쓰지 말라고."

긴 암흑기를 견뎌낸 사람들은 병든 지구와 함께 늙어가며 몸을 천천히 회복해나갔다. 얼마 후 증세가 완화되자 클론을 만들었다. 그리고 늘 그렇듯 거기 안주하지 않았다. 할 수 있는 일은 다 해보려는 기질. 어떤 상황에 처박혀도 잃지 않는 낙관과 용기. 욕심과 욕망을 분별하지 않는 태도. 그건 확실히 인간 습성의 장점이자 단점이었다. 레아는 책으로 손을 뻗어 아까 책갈피를 끼워둔 책장을 펼쳤다. 171쪽의 문장 하나가 유독 거슬려서였다.

그 소설들과 다른 점이 있다면 이곳엔 계급을 의식하고, 계급을 뛰어넘으려는 주인공들이 없다는 사실이었다.

레아는 저자의 생각에 동의할 수 없었다. 인간은 좋은 의미이든, 나쁜 의미이든 그 자리에 그대로 머물지 않았다. 움직이지 않겠다고 마음먹는대도 결국 그럴 수 없는 종족이었다. 그들은 언제나 남의 터를 뺏거나 자신의 터를 빼앗겼다. 매일 아무 변화가 없다고 생각하는 이 역시 결국 무얼 뺏거나 뺏기는 중이었다. 402쪽의 한 문장은 다시 펼쳐 읽고 싶지 않았다. 페이지와 글귀가 곧장 떠오른다는 사실도 싫었다.

이제 클론과 인간의 차이는 없다시피 했다.

"차이가 있긴 있다는 뜻이잖아."
레아는 다시 테트라를 집었다.

"아듀에 탔던 놈들이 폐기물이었지. 그 자식들은 영악한 비관론자들이었어. 고맙지, 뭐. 아무짝에도 쓸모 없는 쓰레기들이 스스로 우주에 나간 거니까."
"우리는 결코 버려진 게 아니에요. 다시 태어난 거죠."

"빈 도로를 가로질러 걸었을 때 얼마나 행복했는지 몰라요. 아무도 없는 마트, 호텔, 노천탕. 저와 애인은 캠핑카를 타고 도시 외곽을 돌았어요. 관광지와 박물관엔 당연히 들렀죠. 하지만 잊을 수 없는 날은 따로 있어요. 저희는 어느 가을 저녁, 테마파크에 갔어요. 비상계단을 타고 가동이 중지된 대관람차에 올랐죠. 그리고 가만히 노을을 바라봤습니다. 석양은 늘 핏빛이라 생각했는데 아니었어요. 그건 분명한 장밋빛이었죠. 분쟁과 소란 뒤편에 그런 평화가 있었다는 게 이상해요. 이제 지구에 모자란 건 사람뿐이에요. 정확히 말하면 많은 사람이 아닌 적당한 수의 사람."

영상 속 증언자들은 이미 세상을 떠난 지 오래였다. 레아는 여전히 인류의 행보를 그대로 받아들이기 어려웠다. 그들은 항상 멋대로였고 종잡을 수 없었다. 사람들은 끔찍하다가도 애틋했고, 애틋하다가도 끔찍했다. 누추한 동시에 아름다웠고 아름다운 동시에 누추했다. 책 속의 사건들은 전부 일어난 일인데도 발로 쓴 소설처럼 터무니없었다.

"클론, 우리의 이웃. 클론, 우리의 가족. 입양 및 후원 문의는 0410-7241-6511~3. 심사 절차와 적격 판정 기준이 궁금하신 분은 클로니너스 홈페이지에서 자세한 내용을 참조하세요. www. cloneinus. com"

잠깐 다른 생각에 빠져들던 사이 영상이 끝나고 광고가 나왔다. 레아는 길게 한숨을 쉬었다. 클론이 여전히 이웃도 가족도 아니라는 사실을 이렇게 또렷하게 드러내는 슬로건도 드물었다. 도입종이라는 학술 용어가 더 솔직할 것 같았다. 그때 테트라에서 알림음이 울렸다. 즐겨 보던 프로그램의 새 에피소드가 올라와 있었다. 레아는 곧장 영상을 틀었다. 통통한 꿀벌 여덟 마리가 기다렸다는 듯 화면 속을 휘젓고 돌아다녔다. 곧 클라리넷과 호른 소리가 어우러진 시그널 송이 흘러나왔다. 라솔시, 라솔시, 라솔시. 언제 들어도 편안한 음계였다. 그래픽으로 만든 꿀벌 한 마리가 큰 눈을 부릅뜨고 말했다.

"이제 최종 선택만이 남았네요. 해변에 모인 참가자들은 마음속 결정을 끝냈을지 궁금한데요. 과연 예상을 뛰어넘은 이변이 있을까요? 오늘은 몇 쌍의 커플이 탄생할까요? 꿀벌들을 위한 위대한 여정, 이제 그 결말이 펼쳐집니다. 최종 선택 결과는 중간 광고 후에 만나보실 수 있습니다."

레아는 목 뒤에 베개를 하나 더 대고 화면을 지켜봤다. 그래, 이렇게 투명하게. 차라리 대놓고 드러내란 말이야. 쇼는 흥미로웠다. 처음부터 끝까지 흥해서였다. 레아는 테트라의 볼륨을 두 칸 더 높였다.

10월 중순은 따스했다. 게토 제로 입구. 햇빛을 받아내는 철문이 금괴처럼 번쩍였다. 커다란 철문은 깨끗했지만 이 안에 선뜻 발을 들이는 외지인은 많지 않았다. 어쩌다 근방까지 온 자라도 제로 입구를 둘러본다면 대낮이어도 곧바로 등을 돌려 달아나고 싶을 테니까. 철문 옆, 기둥 오른쪽에 매단 사슴뿔은 바람이 불 때마다 소름 끼치는 굉음을 냈고, 기둥 왼쪽에 붙인 뱀 가죽은 이곳을 악귀라도 소환하려는 신당처럼 보이게 했다. 기둥만 흉흉한 게 아니었다. 철문 너머 늘어선 붉은 깃발들은 저주가 깃든 부적처럼 침울해 보였다. 깃발엔 수상한 주문 같은 게 적혀 있었다. 무엇보다 제로의 돌담과 벽을 채운 숫자 0을 보면 누구든 입을 벌릴 것이 확실했다. 무수한 0은 썩은 박 넝쿨처럼 치렁치렁해 보였다. 기도길 외벽은 스프레이로 적힌 숫자 0으로 가득했다. 0 안에 채워넣은 작은 0들은 너무 다글다글 붙어 있어 사마귀의 알집 같아 보였다. 0000000000000. 게토 제로에 오신 것을 환영합니다, 이런 표식을 환대의 뜻으로 해석할 방문객은 없었다. 0000000000000. 이 원들은 여기서 당장 나가라고 소리치는 입들 같았다.

제로는 오래전 천주교 성지였던 곳으로 순교자들을 기리는 바위와 순례길이 아직 남아 있었다. 바위가 거대하고 길이 단단히 다져진 까닭도 있지만, 이 성지가 천년 넘게 터를 유지할 수 있었던 건 여기가 제법 가파른 산등성이 안쪽에 자리를 잡은 덕이었다.

남부 지역의 여러 게토 중에서도 제로는 가장 폐쇄적인 곳으로 유명했다. 외지인에 대한 배척이 유난하다고 했다. 하지만 제로는 친족 관계로 이뤄진 게토가 아니었다. 몇몇을 제외하곤 전부 남남이었다. 전국의 게토엔 대안 가족으로 이뤄진 공동체가 많았고 제로 역시 그런 공동체 중 하나였지만 잡음은 끊이지 않았다. 여러 빈민 가운데 부부와 임산부와 클론을 들이지 않는 방침 때문이었다.

"사람 귀한 줄을 몰라요. 저만 잘났지."

"끼리끼리 그렇게 살다 가라 그래. 아무것도 안 남기면 참 깨끗하겠네."

"자기들은 뭐 프랑켄슈타인이 만들었대요?"

인근의 게토 사람들은 제로와 친분이 없었다. 제로는 다른 게토처럼 관광 사업을 벌이지 않았다. 지난 세기의 유적지를 적당히 손봐 입장료를 받거나 개발이 중단된 구역을 체험하는 프로그램도 만들지 않았다. 대부분의 게토는 메트로와 리부트에 잘 자라난 농작물을 내다 팔았지만, 제로는 아무 상품도 내놓지 않았다. 그들이 끼고 있는 산과 임야를 한 번만 내다봐도 이해할 수 없는 일이었다. 제로의 농작물은 피가 얇고 속이 알찼다. 해가 갈수록 열매와 과실이 늘어났다.

"제로 놈들은 세금도 양파로 낸다지."

"거긴 남부 최악의 빈민가야. 답이 없어."

아귀가 들어맞지 않는 소문은 제로와 거리가 멀어질수록 더 거칠어졌다. 사람들은 제로에 제정신인 사람이 없을 거라고 했다. 그곳 아이들은 곰팡이로 뒤덮인 쓰레기를 헤집는다고, 굶다 굶다 산양 똥을 씹고 시체를 구워 먹는다고 떠들었다.

제로 입구 천막에서 사람들이 기어나왔다. 모기장을 걷고 나온 이들의 얼굴은 부어 있었고, 입을 크게 벌려 하품을 하자 인상이 죄다 험악해 보였다. 잠에서 깬 몇몇이 마른기침을 했고 몇몇이 허리를 돌렸다.

"안 죽고 살아 있었어?"

"아침부터 말 참 예쁘게 하네. 내 명줄이 더럽게 길어서 그런다."

철문 앞 언덕이 시끌시끌해졌다. 여기 유입된 지 얼마 안 된 이들은 본당 근처에 가지 않았다. 소광장과 기도길을 넘어가면 제대로 된 거처가 있었지만, 여전히 천막이 편했다. 떠돌이 생활의 장점은 누구도 선뜻 자신 가까이 오지 않는다는 것이고 천막촌 사람들은 이곳 제로에서도 그 장점을 내내 누리고 싶었다.

실제로 제로 사람들은 외부인에게 별다른 적의도, 호의도 없었다. 새 빈민들이 적당히 스며들기 좋은 공간이었다. 하지만 요사이는 달랐다. 천막 안에 있던 사람들은 제로의 젊은이들이 모기장 앞에 서서 토론을 청할 때마다 골치가 아팠다. 제로에 누굴 들이고 누굴 들이지 않을지는 그들 관심 밖이었다. 그런 결정은 여기 토박이들이나 내려야 했다.

언덕 너머에서 제로 사람 셋이 나타났다. 이른 아침부터 천막에 오는 이들은 청년층이 아니었다. 이 시간엔 주로 제로를 이끄는 나이 든 이들이 방문했다.

"안녕하세요. 잠자리는 불편하지 않으셨어요?"

큰 목소리로 인사를 건넨 사람은 제로의 수장이었다. 육십대 여성 수장을 두고 천막에선 여러 말이 오갔다. 리부트 출신이다, 이딴 곳에 사는데 리부트 출신일 리가 없다. 전직 약사다, 수녀다, 국선변호사다, 사회운동가다, 아마추어 발명가다…… 게토에서 매일 상냥한 표정을 짓는 여자에겐 매일 군말이 따라붙기 마련이었다. 흐트러짐 없이 멀끔한데다 모든 방면에 유능한 여자라면 더더욱. 천막촌 남자들은 수장의 말을 반은 믿고 반은 믿지 않았다.

"제로와 생김새가 똑같은 알파벳이 하나 있으니 편해요."

수장은 자신을 편하게 '오'라는 이름으로 불러달라고 했지만, 이름을 부를 일은 드물었다. 손짓이 더 편했다. 오는 제로 안의 낡은 것들을 매번 고쳐냈다. 파종기, 탈곡기, 경운기를 비롯한 농기계와 자가 발전을 위한 제로 곳곳의 동력 장치 그리고 환자까지.

세균도 먼지도 안녕,이라고 쓰인 메트로의 방역 기기가 오염 물질을 정말 막을 수 있는지 미덥잖았다면, 오가 만든 제로의 방역 기기는 그보다 훨씬 번듯해 보였다. 기기 문을 열고 들어가 전원을 누르면 전신의 대장균, 살모넬라균, 포도상구균을 비롯한 외부 오염 물질을 떨쳐낼 수 있었다. 1분간의 소독이 끝난 후엔 알람이 울렸다. 문밖으로 나가도 된다는 뜻이었다. 제로에 들어온 적 없는 사람들은 볼품없는 게토 가운데 하나가 이런 시스템을 갖추고 있다는 사실을 알지 못했다.

천막 입구, 낚시 의자에 앉아 졸던 남자가 오를 보고

달려나갔다. 얼마 전 제로에 흘러들어온 빈민으로 한국어가 서툴렀다.

"밤과 계단. 낙엽 미끄럽다. 아파."

오가 남자의 팔을 살피더니 수레에서 종이 널빤지 하나를 집어 차곡차곡 접었다. 수레 구석에 놓인 노끈도 이로 끊었다.

"인대가 조금 늘어난 것 같아요. 팔이 점점 부을 테니 움직이시면 안 돼요. 구급상자를 들고 다시 올게요."

팔에 임시 부목을 감아 매는 오를 보고 남자가 물었다.

"이런 걸 이토록 왜 안다. 어떻게?"

"간호보조사 일을 잠깐 했어요. 어깨너머로 배웠죠, 뭐."

줄을 서기 시작한 이들이 둘을 흘깃거렸다. 선두의 한 여자가 기지개를 켜며 말했다.

"거, 엄살도 심하네. 우리 배고파. 얼른 밥 줘야지."

부목을 쏠어보던 남자가 뒷줄로 가며 외쳤다.

"식량이 문제없다. 기다리면 준다. 안 준 적 없어."

오는 수레를 끌고 천막촌 한가운데로 들어갔다. 콜라비와 감자를 받아든 여자가 볼멘소리를 냈다.

"콜라비도 같이 삶지. 생무 같은 걸 이런 이로 어떻게 씹으라고."

"여기 살다 보니 배가 불렀어? 주는 대로 좀 처먹어."

오가 수레 밑 칸에서 빵 자루를 꺼내 들었다. 보리와 귀리를 섞어 쪄낸 찐빵이었다.

"어르신, 여기 부드러운 것도 받아가셔야죠."

오와 같이 온 나머지 두 사람은 철문 근처 현수막까지 더디게 걸어나갔다. 둘은 미간을 잔뜩 찌푸린 채 현수막 위로 밀대를 뻗었다. 떨어진 타조 깃털로 만든 먼지 제거기였다. 현수막에 붙어 있던 거미줄과 마른 잎이 천천히 사라졌다. 도구를 내려둔 두 사람은 천 안쪽을 걸레로 닦아냈다. 버리지 말자. 사지 말자. 만들지 말자. 문구가 닳지 않도록 여백의 때만 조심스럽게.

현수막 옆 개암나무 가지들이 흔들리자 열매 몇 개가 숲에 떨어졌다. 가볍지만 단단한 열매에 꼬리를 맞은 청설모가 사스레피나무 위로 전력 질주했다. 사스레피나무 위의 황새들이 다른 나무를 향해 날개를 펼쳤다. 숲 그늘에 있던 고라니들이 떼지어 이동하는 황새들을 골똘히 올려봤다. 동쪽에서부터 센 바람이 불어오자 언덕의 깃발들이 일제히 푸드덕, 푸드덕 소리를 냈다.

풍문과 달리 제로는 평온했다. 붉은 깃발에 적힌 글귀도 유순하고 무난했다. 글씨가 작아 외부인 누구에게도 제대로 읽히지 않았을 뿐이다. 우리의 바람은 그저 여행객이 되는 것. 입을 다물고 조용히 머물기. 짧게, 가볍게. 문구들의 주제와 성격은 비슷했다.

깃발을 따라 언덕 안으로 들어서면 폐자재로 만든 의자, 그네, 정각이 곳곳에 놓여 있었다. 태양열 패널, 풍력 발전기, 빗물 저장소 역시 쓰레기와 고철 더미로 만들어진 기기였다. 본당 앞에 다다르면 드넓은 콩밭과 감자밭이 펼쳐졌다. 본당 주위로는 닭, 토끼, 염소, 돼지, 타조들이 유유히 돌아다녔다. 제로의 철문 깊숙한 곳엔 언제나 목가적인 분위기가 감돌았다.

사람들에게 2399년은 다른 해보다 더 나쁘지도, 좋지도 않았다. 여기도 밖과 큰 차이는 없었다. 단지 제로엔 다른 곳보다 인간이 적고 동식물이 많을 뿐이었다.

"이제 나와."

제로의 언덕 끝, 아무도 없는 강가에서 마모루가 소리쳤다.

"장난치지 말고 얼른."

수면은 고요했다.

"나 안 속는다고."

마모루가 주먹을 세게 말아쥐었다. 주변에 도움을 청할 어른이 보이지 않았다. 마모루가 선 자리에서 제로 본당은 엄지손톱만큼 작아 보였다. 창고로 먼저 돌아가면 조율이 두고두고 이죽거릴 것이다. 어차피 혼자 떠날 생각도 없었다.

"나오든가 말든가. 나 진짜 간다."

그때 요란한 소리와 함께 무언가가 수면으로 솟아올랐다. 물거품 밖으로 나온 건 머리는 생선, 머리 아래는 사람인 생명체였다. 마모루는 자리에 그대로 주저앉았다. 강의 괴수는 어제 조율이 밭에 작대기로 그린 낙서와 비슷한 생김새였다.

"세기말이 되면 뭍으로 이런 게 기어올라와. 옛날 문헌에 보면 이런 징표들이 수두룩해. 반인반수가 떼지어 우르르 나오고 지구는 망하는 거지. 지금도 망했지만, 완전히 끝. 제대로 끝."

강물 밖으로 나와 마모루를 본 조율이 기침을 터트리며 웃었다. 조율은 커다란 붕장어를 들고 있었다. 입을 벌린 붕장어가 몸을 힘껏 뒤틀었다. 마모루가 다시 한번 소리를 질렀다. 조율은 붕장어를 강물 멀리 던져 넣고 말했다.

"어떻게 할 거야? 너 때문에 놓쳤잖아."

자리에서 일어난 마모루가 조율의 팔을 꼬집으려고 했지만, 조율은 마모루의 손이 닿기 직전 뒤로 한걸음 물러났다. 휘청이는 마모루를 붙잡고 조율이 말했다.

"할 수 없지. 시체나 찾으러 가자."

"설마 어제부터 구상한 거야? 나 놀리려고 밭에 그런 낙서를 한 거지? 반인반수 얘기까지 지어내고."

"아, 내가 왜 너한테 그런 정성을 쏟아?"

사냥 가방을 챙긴 마모루가 한숨을 내쉬고 조율을 뒤따랐다. 둘의 그림자는 겹치다 떨어지고, 떨어지다 겹쳤다. 조율은 아까 마모루의 키가 자신보다 한 뼘 정도 크다는 사실을 알아챘다. 지지난 여름까지는 자신이 마모루보다 컸다. 지난여름에는 마모루와 키가 같았다. 올여름을 넘기자 마모루가 예고도 없이 혼자 훅 자라나버린 것이다.

조율은 기도길을 디디며 주변을 돌아봤다. 언니와 마모루와 자신이 함께 놀고, 함께 잠들던 땅이 어쩐지 짜부라진 것처럼 느껴졌다. 셋에서 둘로 사람이 줄었는데도 터가 넓은 것 같지 않았다.

조율과 마모루가 향하는 곳은 그들의 아지트로 제로의 외곽 돌벽, 그중에서도 후피향나무들이 몰려 있는 곳이었다. 나무 밑둥치를 어지럽게 덮은 풍란 줄기와 수국 잎을 걷어내면 구멍 하나가 드러났다. 둘은 구멍 밖으로 머리를 내밀었다. 찌그러진 양주 팩, 살점이 꽤 붙어 있는 닭 뼈, 피자 귀퉁이, 문드러진 키위, 살짝 곯은 감. 월요일인 오늘은 먹거리가 풍성했다. 주말을 맞아 다른 게토의 라이더들이 이 근처에 들렀기 때문이다. 조율은 양주 팩을 흔들었다. 술은 한 방울도 남아 있지 않았다.

"참나, 흥청망청 다 마셔버렸네."

모두가 그런 건 아니었지만, 대다수의 라이더는 세

상을 싫어했고 지구에 미련이 없었다. 아듀 사태는 오래전이었고, 우주선이 멀어지는 광경을 그들이 직접 본 게 아니었는데도.

"우린 고아들이야. 내버려졌다고."

"엄마, 아빠도 네가 그런 말 하고 돌아다니는 거 아냐?"

"알 게 뭐야. 어쨌든 우리가 여기 떨궈진 건 맞잖아."

"야. 그만 징징거리고 술이나 먹어."

해가 지고, 달도 기운 밤이 되면 조율은 종종 기도처를 빠져나왔다. 같이 사는 오는 늘 바빴고 잠에 빠진 언니는 꿈쩍도 하지 않았다. 억지로 눈을 감고 있다가 멀리 오토바이 굉음이 들리는 날이면 조율은 뒤도 돌아보지 않고 돌벽 구멍 앞에 엎드렸다. 라이더들이 가장 잘 보이는 자리, 그들의 말이 가장 잘 들리는 자리를 찾아서 상체를 조금씩 움직이기도 했다. 조율은 오토바이 바퀴가 땅을 그어 내리는 소리에 매번 몸을 떨었다. 라이더들은 안장에 올라 튀어나가기 전, 아주 땅을 파낼 기세로 바퀴를 굴렸다. 배기음뿐만 아니라 라이더들의 고함에도 귀가 아팠다. 또래 아이들은 여기

와서 떠날 때까지 내내 시끄러웠다. 그래도 새롭고 창의적인 욕을 알게 되는 건 재밌었다. 그들이 떨군 물건을 구경하는 것도, 그들이 남겨둔 이야기 속을 거니는 것도.

우주선 아듀가 200년 전 지구를 떠났을 때, 남은 지구인들 사이에는 끈끈한 연대감이 생겨났다고 했다. 아수라장 속에서도 서로를 살피고 헤아리는 이들이 있었다. 그렇지만 그런 감정은 서서히 묽고 희미해진 게 분명했다. 폭주, 순응, 성찰. 아듀 사태 이후로 24세기까지 이어진 생존 방식을 크게 분류할 수 있는 단어가 있다면 이 셋이었다. 열에 둘은 폭주하고 열에 여섯은 순응하고 열에 둘은 성찰한다. 조율은 이 세 단어를 활용해 단조롭고 사실적인 예문을 만들었다.

라이더 중 상당수가 폭주 부류에 들었다. 어른들의 말대로 라이더들이란 유흥과 환락만을 좇는 철없는 젊은이들이었다. 현실 감각이 비워지고 그 자리를 불만이 다 채운 것 같았다. 그들은 200년 전에 떠난 우주선이 어제 떠나기라도 한 것처럼 투정을 부렸다. 과거를 현재로, 집단의 기억을 개인의 기억으로 바꿔댔다. 하지만 조율은 그들을 조금 이해할 수 있었다. 조율이 알기로 역사를 통틀어 젊은 층이 합당한 존중과 공감을 받은 적은 없었다. 기존 세대는 언제나 다음 세대와 자신을 분리하기 위해 별칭을 사용했다. 속을 알 수 없다고, 생각이란 걸 하는지 모르겠다고 힐난하면서도 그들의 체력과 시간과 돈을 뺏기 위해 부단히 길을 막았다. 젊은이들에게 길을 내주는 척하는 늙은이들은 더 문제였다. 그들이 가리킨 곳은 전부 구덩이나 진창이었다. 그들은 한 발짝도 내디딜 수 없는 길 앞에서 독려까지 했다. 조율이 걸음을 멈추고 낮은 목소리로 읊조렸다.

"난관이 닥치면 스스로 해결해봐야 해요. 별 볼 일 없는 어른들한테 기댈 건 없잖아요. 패기 있게 확 치받아버려요."

"뭐라고 중얼대는 거야?"

마모루가 가방을 고쳐 메며 물었다. 사냥 도구들이 맞부딪치면서 달그락거리는 소리가 났다.

"실패를 미리 걱정하지 말고, 용기를 내서 발을 한번 떼봐요."

"조율, 대체 누구 흉내를 내는 거냐고."

"이 시대의 어른들? 아니다. 자칭 어른들."

몸을 부르르 떤 조율이 혀를 내밀고 구역질하는 시늉을 하자 마모루가 피식 웃었다. 라이더들이 남 탓을 하고 욕을 내뱉고 소리를 지르는 꼴은 못마땅하지만, 조율은 자신이 그들과 같은 울분을 지니고 있다는 사실을 부정할 수 없었다. 표현 방식이 다를 뿐이다. 라이더들은 밖으로, 자신은 속으로. 들키면 안 될 생각이었지만 그들과 자신은 어떤 면에서 동류였다.

돌벽 구멍 앞에서 느릿느릿 몸을 일으킬 때마다 질문이 차올랐다. 그럼 너희는 대체 뭐가 좋아? 여기도 싫고, 저기도 싫으면 어떻게 해? 당연히 답은 없었다. 하지만 조율은 언제나 답을 들을 수 있었다. 혼자 걷는 밤, 대화할 사람은 자기 자신 하나였기 때문이다. 너라고 다를까. 그래, 나라고 다를까.

피자 귀퉁이를 다 먹어치운 마모루가 일어났다.

"조율, 따라오지 말고 햇볕에서 몸 좀 말리고 있어."

"오, 나 챙겨주는 거야?"

"그러니까 강엔 왜 들어가서."

"잘됐네. 너도 나 없이 좀 다녀봐야 성장을 하지."

마모루가 대꾸 없이 풀숲으로 발을 뗐다.

"그래. 어디 먹을 걸 얼마나 찾아오는지 기대할게."

마모루가 그제야 한 손을 들어 크게 흔들었다. 조율은 감을 베어 물었다. 그리고 점점 멀어져 두 번째 손가락 크기만큼 작아진 마모루를 지켜보다 모로 누웠다. 혼자 있으면 머리 한구석에 대충 접어뒀던 생각이 자꾸 펼쳐졌다. 지금도 마찬가지였다. 그냥 마모루를 따라 같이 갈걸 그랬나. 조율은 입술을 쭉 내밀고 반대편으로 돌아누웠다.

아까부터 한 여자의 얼굴이 잊히지 않았다. 무심결에 떠오른 얼굴이었다. 게토 근처엔 오토바이를 모는 무리만 오는 게 아니었다. 이따금 몇몇 운전자들이 여기까지 차를 몰고 왔다. 길을 잘못 들었거나 마음 놓고 싸울 데를 찾거나 끝없이 외진 곳이 필요한 이들이었다. 조율은 보름 전에 봤던 커플을 또렷이 기억했다. 망원경의 오른쪽 렌즈는 금이 갔지만, 거기서 그친 채 박살이 나진 않은 상태였다.

차창 안 여자와 남자의 표정은 무덤덤했다. 여자가 창문을 내리고 밖을 내다봤다. 가축들의 배설물 냄새가 차 안으로 들이차면 둘의 기분은 더 나빠질 것이다. 여자가 물었다.

"뭐 하려고 여기까지 온 거야?"

"연고지는 위험하니까."

"걸릴까봐? 자기야, 아무 일도 안 일어나."

말을 마친 여자가 잠시 후 입을 벌렸다 닫았다. 여자를 보던 남자가 한숨을 쉬었다.

"또 그 얘기 하려고 그러지?"

"자기가 허투루 들으니까 또 말하지. 내가 원하는 건 하나야. 자기가 이혼을 하든 나랑 이대로 지내든 상관없어. 난 **우리를 닮은 아이들**을 낳아 기르고 싶어. 알잖아, 내가 임신할 수 있는 사람이란 걸."

"난 자신이 없어. 없다고 말했는데."

"아니, 말한 적 없어."

"이런 세상에서 무슨 애야?"

여자가 차 수납함을 열고 거기 들어찬 비닐 뭉치를 꺼냈다. 조율은 그게 언니의 외투 안주머니에서 본 적 있는 콘돔이라는 걸 금세 알아챌 수 있었다. 여자의 손에 들린 건 메트로 시중의 콘돔 중에서 가장 비싼 브랜드였다.

"앞으로 이딴 거 쓰지 말자. 난 필요 없어."

여자가 콘돔을 길바닥에 내던졌다. 둘의 목소리는 점점 커졌다.

"난 아기를 원하지 않아. 여기 뭘 남기는 게 싫어."

남자의 말에 여자가 곧바로 대꾸했다.

"난 아기를 원해. 만나고 헤어지고 아무것도 안 남는 게 지겨워."

남자는 의자를 뒤로 젖히고 눈가에 팔 한쪽을 올렸다.

조율은 숨을 들이마신 뒤 망원경을 바닥에 내려뒀다. 그리고 가슴에 손을 올렸다. 심장에서 동력기 돌아가는 소리가 나는 것 같았다. 하지만 곧 둘을 지켜보고 싶었다. 남자는 어느새 의자에서 몸을 일으킨 채 테트라 화면을 들여다보고 있었다. 여자가 그의 테트라를 낚아챘다.

"그만 만나자. 내일 말고 오늘밖에 없는 관계는 어려워. 버틸 수가 없어."

8초 정도 걸릴까. 남자는 조율의 짐작대로 8초 후에 알겠다고 답했다. 여자가 고개를 돌리고 말했다.

"너한테 키우라는 소리 안 해. 그러니까 나랑 아기를 만들 생각이 들면 그때 연락해."

조율이 자신의 목 가운데를 세게 눌렀다. 기침이 나올 것 같았다. 소리에 움찔한 그들이 자리를 뜬다면 이야기가 끝나버린다. 조율은 재빨리 주머니에서 사탕을 꺼내 입에 넣었다. 침을 여러 번 삼키자 경련이 간신히 멎었다. 다시 망원경을 눈에 갖다 댔을 때 여자는 울고 있었다. 어깨를 들썩이며 울고 있었다.

보름 전의 염탐은 어떤 식으로든 관둬야 했다. 조율은 입안에 남아 있던 감 씨앗을 풀 위에 뱉었다. 얼굴이 달아올랐다. 여자에게 그런 모습까지 구경할 생각은 전혀 없었다고 항변해도 소용이 없을 것이다. 그따위 말을 전할 수도 없었다.

"여기, 여기야. 찾았어."

마모루의 고함에 조율이 소스라치게 놀랐다. 언제부터 저기 서 있었지. 조율은 호흡을 가다듬고 마모루를 향해 휘적휘적 걸었다.

"시원찮겠지, 뭐."

조율은 마모루를 더 비웃을 수 없었다. 그에게 가까이 다가서기 꺼림칙했다. 마모루의 발치엔 죽은 고니 한 마리가 있었다. 젖은 옷이 아까보다 더 무겁고 축축하게 느껴졌다. 덫이나 그물에 걸리지 않은 사체였다. 발톱을 보니 제로 밖을 떠돌다 온 새인 것 같았다. 여기엔 몸에 이렇게 큰 종기가 달린 새는 없었으니까. 조율은 손깍지를 낀 채 뒤통수를 내리눌렀다. 그저 간단한 스트레칭 자세로 보일 것이다. 마모루가 눈치채지 못하게 고개를 푹 숙여야 했다. 질끈 감은 눈을 보여줄 수 없었다.

"쟤네는 산 채로 잡을까?"

마모루가 후박나무를 가리키며 물었다. 멧비둘기 떼가 둘을 내려다보고 있었다. 새들이 고개를 툭툭 꺾을 때마다 목덜미 색이 바뀌었다. 초록색에서 보라색으로, 보라색에서 은회색으로. 조율은 빛에 따라 달라지는 색깔들을 멍하니 지켜보다 소리를 질렀다.

"고니 하나면 충분하지 않아? 엄청 큰데? 봐봐, 나만 해!"

조율이 요란한 기세로 날갯짓하자 멧비둘기들이 본
당을 향해 날아갔다.

"알았으니까 앉아."

"비둘기들 놀란 거 재밌지 않아?"

"그래. 너무 재밌어서 소름이 다 돋네."

마모루가 사냥 가방을 열며 말했다. 조율이 그의 등
뒤에 앉아 하늘을 올려봤다. 새들은 언제나처럼 크나
큰 새 모양으로 도열해 창공을 날았다. 조율은 새 떼가
거스러미처럼 보일 때까지 시선을 떼지 않았다.

새의 이름, 풀과 나무의 이름, 구름의 이름. 제로에서
오래 지내다 보면 이곳의 일원이 누구인지 금방 알 수
있었다. 먹을 수 없는 것, 먹을 수 있는 것, 먹을 수 있
지만 그대로 두는 것. 조율과 마모루는 제로의 모든 것
을 샅샅이 감지할 수 있었다. 어제와 오늘의 차이는 늘
다채로웠다. 해가 지기 전과 해가 지기 직전의 차이는
스무 개도 넘었다. 숲에 잠복한 채 사냥감을 기다리면
귀가 도톰한 동백 잎사귀처럼 변하는 것 같았다. 시간
이 얼마나 흘렀는지 알아차릴 수 없을 때는 몸 전체가

이끼 낀 바위로 바뀐 것 같았다. 잎사귀나 바위가 된 기분은 말할 수 없이 포근했다.

조율은 사냥보다 사냥을 준비하는 시간이 좋았다. 사냥감을 발견하지 못하는 날은 더 좋았다. 언제부터였지. 오리들이 아니라 오리 하나하나를 알게 되면서부터였을까. 깃털의 색과 무늬를 기억하게 되면서부터였을까. 아니면 마음속으로 이름을 지어주면서부터였을까. 점보, 작두, 호랑. 조율은 세 오리를 생각하며 소매에 고인 물을 짜냈다. 점보는 강에서 항상 선두 자리를 지켰다. 남의 물살을 자분자분 따라가는 짓은 절대 용납하지 않았다. 작두는 물속의 먹이를 찾을 때 엉덩이를 과도하게 쳐들었다. 물갈퀴를 힘 있게 저어, 몸이 완전히 들리는 상태를 좋아하는 게 틀림없었다. 옆의 친구들은 작두 정도로 물에 고개를 처박지 않았으니까. 호랑은 제로의 오리 가운데 가장 독립적이었다. 혼자 걷고 혼자 깃을 털면서도 발걸음이 몹시 씩씩했다.

멀리서는 다들 똑같아 보였다. 하지만 가까이서 보면 달랐다. 오리들의 생김새, 성격, 습관은 모두 제각각이었다. 당연한 사실이었다. 조율은 이 사실을 곱씹

을수록, 오리들의 이름이 늘어날수록 마음이 가라앉았다. 그럴 때면 거칠 게 없던 유년기를 몇 번이고 들춰봐야 했다.

"마모루. 성년식 전엔 내가 너보다 사체들을 더 잘 찾았는데."

"언제 적 성년식이야. 기억도 안 나."

성년식은 불과 3년 전이었지만, 마모루는 그날이 까마득한 옛날로 여겨졌다. 조율이 팔짱을 끼고 말했다.

"네가 나처럼 한 번에 통과했으면 매일 얘기했겠지. 실패한 경험은 기억에서 아예 지우는 거야? 인생 쉽네."

제로의 성년식은 간단했다. 15세의 제로 아이들은 시험을 거의 통과했다. 철문 입구부터 언덕의 십자가 탑까지 말을 하지 않고, 뒤돌아보지 않으면 되는 일이었다. 마모루는 도중에 뒤를 돌아보고 비명을 질러댔다. 두 과제 모두 실패였다. 조율은 몇 번이나 재시험을 보고 성년을 맞은 마모루를 생각날 때마다 놀렸다.

"마음이 약한 자, 유혹에도 약한 법."

"뭐래. 난 그런 적 없는데."

"거짓말까지 하다니 실망이다."

"조율. 너 떠드는 동안 재료 다 손봤으니까 실망하지 말아줄래? 아, 어깨 아파."

마모루가 고니의 붉은 목을 쥐고 일어섰다. 내장을 모두 손질한 후였다.

"춥다. 진짜 강에 괜히 들어갔어."

조율은 시선을 떨구고 소매의 물을 꽉꽉 짜냈다. 뒤돌아선 마모루가 고니를 눈앞에 들이밀지 않길 간절히 바랐다.

"아무것도 안 한 사람은 땔감 좀 모아오지?"

조율이 숲 쪽으로 몸을 틀고 대꾸했다.

"붕장어를 누구 때문에 놓쳤는데?"

손재주가 좋은 마모루에게 고니는 식사 재료 이상도 이하도 아니었다. 이해할 수 있었다. 먹이를 구하기 위해 사냥하는 인간 역시 동물 이상도 이하도 아니니까. 인간이 다른 생명에게서 영양분을 받아 살 수밖에 없는 존재라면 주저 없이 칼을 들어야 했다. 연민과 죄책감을 품은 채, 상처 입은 사냥감 앞에서 망설이는 시간은 그들을 더 고통스럽게 할 뿐이다. 하지만 인간이 다른 생명에게서 영양분을 받을 필요가 없는 존재라면. 그렇게 하지 않아도 살아갈 수 있는 동물이라면.

조율은 품에 안고 있던 나뭇가지를 전부 떨어뜨리고 나서야 생각을 멈췄다. 인정하기 어렵대도 인정해야 할 사실이 있었다. 마모루가 고니를 손질하는 소리를 어떻게든 피하고 싶었다. 그래서 계속 쓸데없는 말을 지껄였다. 이제 와 보니 겁이 많은 건 마모루가 아니라 자신인 것 같았다. 겁은 매일 자라나는 것일까. 내가 그걸 매일 무시했던 건가.

땔감을 받아든 마모루가 금세 모닥불을 피웠다. 피자 귀퉁이보다는 훨씬 나은 음식이라 또 허기가 진 것 같았다. 조율은 나지막이 한숨을 내뱉고 모닥불 가까이 다가갔다. 불길이 닿은 사체에서 연기가 피어올랐다. 연하고 붉은 살점은 보기 불편했지만, 단단히 익은 살점은 보기 편했다. 뼈로 이어진 몸은 보기 힘들었지만, 뼈가 빠진 부위들은 보기 쉬웠다. 조율은 돌멩이 위에 놓인 고기 쪽으로 손을 뻗다가 마모루를 쳐다봤다. 코와 볼에 묻은 숯 자국을 보니 웃음이 났다. 음식을 허겁지겁 먹고 있는 마모루의 얼굴엔 어린 시절 흔적이 남아 있었다. 아직 모두 휘발되지 않은 순진함이. 12세에 제로에 들어온 마모루는 6년 동안 한결같이 변한 게 없는 듯했다.

"그럼 그렇지. 키만 컸지 똑같네."

"뭐가 똑같아?"

어깨를 들어올렸다 내린 조율이 사냥 가방 안에 접어뒀던 종이를 꺼냈다.

"언니가 고니 좋아하는데. 좀 갖다줘도 되지?"

"그래서 안 먹고 깨작깨작대는 거야?"

조율이 뒤늦게 고개를 끄덕였다.

"누나는 아직도 똑같아?"

"응. 우리 언니야 뭐."

복숭아뼈 언저리를 긁던 조율이 발등을 내려다봤다. 딱정벌레 한 마리가 조율의 왼발에서 막 내려와 인동 덩굴로 기어가고 있었다. 조율은 덩굴 가장자리의 싯누런 잎 하나를 쳐다봤다. 덩굴 끝에서 혼자 해를 못 받았는지, 잎이 시름시름 앓는 듯했다.

언니의 왼쪽 다리, 무릎 아래도 저런 색이었다. 원인은 재해도 질병도 아니었다. 그 사고는 누구도 아닌 자신 때문에 벌어졌다. 조화를 너라고 부르는 대신 언니라고 부르게 된 것도 그 사고 후부터였다. 조율은 덩굴에서 시선을 뗐다. 언니가 제로 사람들과 아무 교류 없이 종일 모니터만 보게 된 것도 자기 탓인 것만 같았다. 언니는 오래전 성지의 기도처로 쓰였던 좁은 굴에서 좀처럼 나오지 않았다. 여러 개의 굴 중에서도 하필 가장 구석진 곳이었다. 언니가 굴에 틀어박히면서 오와 조율의 거처도 굴이 되었다. 셋이 함께 지내자고 한 건 오. 둘의 이름을 조화와 조율로 지은 것도 오였다.

"너희들은 나를 수장이나 오 대신 엄마라고 불러도 돼. **진짜 엄마**는 아니지만, 상관없다."

오는 자매가 말을 뗄 즈음, 그들이 분쟁 지역에서 구조된 쌍둥이라는 사실을 알려줬다. 폭파된 건물 잔해에서 구출된 두 신생아는 여러 사람과 몇몇 게토를 거쳐 이곳 제로에 들어왔다고 했다.

"우리 둘 중에 누가 먼저 태어났는지 아세요?"

오의 이야기를 들은 조화가 턱을 쳐들며 물었다. 일화 가운데 그게 가장 궁금하다는 기색이었다.

"그것까진 모르겠는데."

그러자 조화가 손을 높이 들었다.

"저요. 제가 언니 할래요!"

"싫어요. 제가 언니 할래요!"

조율과 조화는 오 앞에서 연신 손을 흔들었다.

"네 키가 조금 더 크니까 언니로 해."

오가 조화의 정수리에 손을 얹고 말했다.

"안 돼요. 아니면 어떡해요. 키 작은 언니도 있을 수 있잖아요."

울상을 짓는 조율을 외면하고 조화가 두 발을 굴렀다. 자리를 뱅뱅 돌던 조화가 오에게 뛰어와 물었다.

"근데 제로에서 엄마라는 단어를 써도 돼요?"

오가 손끝으로 자신의 눈두덩이와 관자놀이를 천천히 눌렀다. 나쁜 질문이었나. 머리가 아픈가. 조율은 오의 표정을 유심히 살폈다. 오는 조금 지치고 고단해 보였다.

"단어는 한낱 단어일 뿐이야. 말보다 더 중요한 건 행동이고."

오가 조화의 머리통을 가볍게 쓰다듬으며 답했다.

조화가 다시 물었다.

"수장님은, 아니 엄마는 그럼 모두의 엄마예요?"

오는 이번에 자신의 눈두덩이나 관자놀이를 누르지 않고, 조화의 볼을 눌렀다. 역광 속 오의 얼굴은 아까와 달리 나른해 보이기도, 슬퍼 보이기도 했다.

"모두의 엄마는 아니지만, 너희처럼 게토에 너무 일찍 들어온 어린이들의 엄마는 될 수 있지."

숨을 죽이고 있던 조율이 물었다.

"그곳은 어떻게 되었어요? 폭파된 건물이 있던 곳이요."

허리를 굽힌 오가 조율의 눈을 보며 답했다.

"이젠 사람이 살지 않아. 대신 숲이 자라났어."

오는 자매에게 이름을 지어준 날부터 그들과 함께 살았다. 세 사람의 좋은 날은 오래가지 않았다. 조율은 사고 이후 어두운 지하 돌계단이 더 가파르게 느껴졌다. 언니의 몸집은 점점 커졌다. 같이 누우면 어깨가 자꾸 밀렸다. 코 고는 소리가 멈추면 조율은 바로 일어나 조화의 인중 위에 손가락을 대봤다. 숨이 멈춘 적은 한 번도 없었다. 전부 아까보다 더 크게 코를 골기 위해 몸이 재정비를 한 것뿐이었다. 그래도 언니에게서 기척이 나지 않으면 무서웠다. 언니보다 숨이 더 엉켰다.

"언니, 같이 사냥 안 갈래? 사냥 싫으면 산책이라도."

조화는 모니터에 시선을 고정하고 손을 아무렇게나 휘저었다. 전에는 눈을 마주치고 답을 해줬는데 최근엔 상대도 잘 해주지 않았다. 구형 테트라를 모니터와 연결한 조화는 굴에 숨어 사는 조난자처럼 지냈다.

조화는 조율이 세상에서 제일 싫어하는 프로그램의 애청자였다. 다른 오락물은 언니의 관심 밖이었다. 조율은 그 프로그램의 제목만 떠올라도 진저리가 났다. 누가 만들었는지 몰라도 참가자들 정신 상태에 문제가 생길 게 뻔한 기획이었다.

"그딴 건 왜 아직도 방영이 되는 거야?"

조율의 말에 마모루가 입가를 닦아냈다. 분통이 난 걸 보니 또 그 프로그램 얘기인 것 같았다.

"만드는 쪽이 있고 보는 쪽이 있으니까."

"마모루, 세상에 아무리 답이 없어도 그렇지."

"네가 책 열 권 중에 여덟 권은 쓰레기라며. 인류도

열 명 중에 여덟은 쓰레기겠지."

"그래서?"

"네 말대로라면 열 중 여덟의 멍청이들이 그런 쇼를 계속 좋아하는 거고."

대꾸를 마친 마모루가 갑자기 자기 입을 막더니 입술을 네 번 때렸다.

"알지? 누나가 멍청하다는 소리는 아니야."

"괜찮아. 우리도 멍청한 쪽이니까. 여덟과 둘, 우리가 어디 들어가겠어?"

〈허니비〉는 한국 민영 방송사 케이오 오케이_{KO-OK}의 장수 프로그램으로 관찰 예능 서바이벌 쇼 중에서 가장 오랜 인기를 구가하고 있었다. 〈허니비〉 외에도 인간의 구애 본능을 동력으로 삼아 작동하는 쇼는 셀 수 없었다. 출연자를 향한 시청자의 선호도를 중간중간 공개하는 방식도 새롭지 않았다. 하지만 〈허니비〉는 출연자의 사생활 노출 범위를 대폭 넓히면서 관심을 끌기 시작했다. 시청자들에게 대리 만족을 주기 위해 제작된 연애 프로그램은 흔했지만, 허니비는 여기 뭔가를 추가한 것이다.

— 모두 다른 아이들, 모두 다른 사랑. 꿀벌들의 역사가 시작되는 곳, 허니비.

〈허니비〉가 전제로 둔 조건은 단 하나였다. 이곳에서 최종 커플이 된 두 사람은 반드시 **아이를 낳아 기른다.** 달리 말해 출연진은 아이를 직접 만들려는 이들이었다. 클론 그리고 클론의 양육자들은 이 쇼에 당연히 반발했다. 세상엔 이미 클론이 있었다. 〈허니비〉는 클론과 인간이 섞여 지낸 지 오래된 세상에서 비판받을 요소를 다분히 지닌 프로그램이었다.

이성애 유성 생식을 기반으로 한 **자연 임신.** 자연이 자신의 세대를 이어가는 방식은 다채로운데도 불구하고 시청자들은 **자연 임신**이라는 화두에 민감하게 반응했다. 파일럿 쇼를 앞두고 테트라 속 각종 사이트에서는 논쟁이 불붙었다. 1기 출연 신청자를 모집하는 동안 프로그램 소개 문구의 자연, 개성, 다양성이라는 단어는 차별과 혐오의 의미를 내포하게 되었다. 〈허니비〉는 논란에 일일이 맞대응하는 대신 자유의지, 희생, 사랑이라는 가치를 강조했다. 기다렸다는 듯 이 단어들도 문제가 되었다. 프로그램 게시판엔 매일 성토가 넘쳐났다.

─클론이야말로 인간의 자유의지와 사랑과 희생의 산물입니다. 제작진은 클론 차별에 대해 사과하세요.

─클론을 만들어놓고도 어리석은 선택을 하다니 믿을 수 없어요. 이런 방송을 기획한다는 건 클론들의 존재를 깡그리 무시해야 가능한 거죠.

클론과 클론의 양육자들만 〈허니비〉의 폐지를 원하는 건 아니었다.

─아기를 낳을 수 없는 사람들의 상대적 박탈감은 어떻게 해결할 건가요. 이 땅의 수많은 불임 가족을 바보 취급해요?

─사랑의 모양은 이성애 하나가 아닙니다. 인류가 혈연과 친족 관계에 매달리다 망친 걸 좀 들여다봐요. 어떻게 된 게 과거에서 배운 게 없어요?

─이건 일종의 퇴행이죠. 허니비의 과거지향적인 속성에 넌더리가 납니다. 다들 노스텔지어 증후군에 빠졌어요. 우리 사회가 선진적이라면 왜 예전을 그리워하겠어요. 정말 우려스러운 회귀 현상이 아닐 수 없

습니다.

〈허니비〉 제작진은 오랜 침묵을 깨고 재정비한 공식 사이트에 입장문을 내놓았다.

—〈허니비〉는 클론과 불임 및 난임 부부를 배제하려는 의도가 전혀 없습니다. 되려 클론과 불임 및 난임 부부가 다수인 작금의 상황에서 특정 집단을 차별한다는 의견은 적절치 않아 보입니다. 각각의 개체엔 모두 고유한 개성이 자리합니다. 클론 역시 독립적인 생명체입니다. 환경에 따라 전부 다르게 성장하죠. 오히려 클론을 독자적인 존재라고 여기지 않는 분들이 이 프로그램의 취지를 곡해하고 있지 않을까요.

생태계를 구성하는 요소는 매우 복잡하고 다양합니다. 우리에겐 누군가와 닮고 싶은 동시에 닮고 싶지 않은 기제, 닮고 싶지 않은 동시에 닮고 싶은 기제가 혼재되어 있죠. 그렇기에 〈허니비〉는 지구상에 살아남은 그리고 살아 있는 모든 생명의 존속 방식을 존중합니다. 여기에 이성애 유성 생식 방식이 제외될 이유는 없습니다. 〈허니비〉의 출연진 또한 나름의 방식으로 유전자를 보전해나가려는 이들일 뿐입니다. 아이를 기르는 기쁨이란 클론 가족, 비클론 가족 모두에게 크지 않나요. 자연, 개성, 다양성은 자유의지, 사랑, 희생과 반대되는 개념이 아닙니다. 성숙한 시민들은 이 가치 사이에 경계와 구획이 없다는 사실을 잘 아시리라 생각합니다.

항의와 폐지 요구를 조소하듯 시청률은 치솟았다. 1기 최종 커플 한 쌍이 사이트에 **갓 태어난 아기** 모습을 공개한 직후엔 시청률 앞자리가 바뀌었다. 게시판 글 타래는 회를 거듭할수록 길어졌다.

─판박이네, 판박이야.

─아기 입매가 엄마 입매랑 똑같아요. 웃을 때 생기는 보조개도요.

─야무지게 쥔 아기 주먹을 좀 봐요. 아빠 주먹이랑 어쩜 저렇게 비슷한지.

시청자들은 **양육자들의 모습을 빼닮은 아이**의 모습을 두고두고 놀라워했다. 경이롭다, 신비롭다, 아름답다는 표현을 아끼지 않았다.

방영 후로 크고 작은 사고가 이어졌다. 〈허니비〉에

멍하게 빠져든 엄마 표정을 본 클론, 아빠의 테트라 시청 기록을 확인한 클론, 방송이 끝나고 씁쓸하게 혀를 차는 부모를 본 클론 몇몇이 자해를 시도했다. 시청률이 급등하자 우울감, 무기력증, 공황장애에 시달리는 클론들이 늘어났다. 클론들은 〈허니비〉란 프로그램을 전혀 모른다는 양육자들의 말을 잘 믿지 못했다. 이상 고통 증세를 확인한 전담 센터에서 모니터링과 상담을 통해 클론과 양육자를 분리하는 일도 벌어졌다. 사실상의 파양을 잠자코 받아들이는 양육자들이 더러 있었다.

테트라를 망치와 해머로 부수는 클론 양육자들도 생겨났다. 그들은 클론 자녀에게 티끌만 한 상처 하나도 주고 싶지 않았다. 프로그램 폐지를 주장하는 클론 양육자들은 거리로 나가 외쳤다. 아듀 사태 직후의 암흑기를 기억하라고, 인류가 벼랑 끝에서 간신히 기어올라왔다는 사실을 쉽사리 잊으면 안 된다고 말이다.

"저 역시 클론이에요. 클론은 물론 소중한 개체들입니다. 하지만 클론의 존속 방식, 다시 말해 대량 배양 시스템은 없어져야 한다고 생각해요. 장기적인 관점에서요. 문명은 엄밀히 말해 인간이 끌어가겠죠. 인간 각각을 유전자의 저장소나 설계도로 보자면 그들이 원안이니까요. 클론이야 클론을 만들지 않기로 하는 순간 끝이잖아요."

프로그램에 대한 칼럼, 대담, 토론이 이어지면서 방송 인터뷰를 자처한 클론도 나타났다. 출연 2주 뒤 이 클론은 길거리에서 무차별 폭행을 당해 전치 3주의 부상을 입었다. 복면을 쓴 패거리는 골목 뒤로 쏜살같이 흩어졌다. 습격 사건은 미해결 상태로 남았다. 폭행을 클론들이 주도한 것인지는 명확히 밝혀지지 않았지만, 클론이 아닌 이들은 그게 클론의 짓이 분명하다고 믿었다. 주요 포털 사이트에서는 연일 설전이 벌어졌다.

─그놈들이 누구인지 몰라서 말 못하는 줄 알아요? 범인을 밝힐 수 있는데도 밝히지 않는 거예요. 정치적인 이유로 함구하고 있는 거죠. 사회가 혼란스러워지는 걸 막으려고요.

─아니에요. 인터뷰이는 클론이 아니라 클론 행세를 한 차별주의자라니까요.

─아듀를 타고 떠난 이들 중 반 이상은 백인이었어

요. 인터뷰에 응한 사람은 백인 클론이고요. 그러니까 이 폭행은 소수 인종에 대한 공격으로 봐야죠.

쟁점은 하나로 좁혀지지 않고 먼 곳으로 이동했다. 타점이 불분명해지자 논란도 잦아들었다. 〈허니비〉를 송출하는 민영 방송사는 잇따른 구설수에도 실질적인 손해를 입지 않았다. 언제나 시청률이 방어막이었다. **'진짜' 아기**, 인간이 고전적인 방식으로 생산하는 **'진 짜 아기'**. 사람들은 화면에서 그 아기들의 역사와 행보 가 결정지어지는 장면, 최종 선택의 순간을 놓치지 않 고 목격하길 원했다.

난자와 정자에 기적적으로 이상이 없는 이들, 연인 을 고르는 일보다 아이를 낳아 기르는 일이 중요하다 고 여기는 이들이라면 누구나 출연 신청서를 제출할 수 있었다. 참가자는 무작위 추첨으로 결정되었다. 이 후의 절차도 간단했다. 건강검진, 면접, 미디어 테스트 를 거친 후엔 바로 촬영 시작이었다.

허니비는 인종, 국적, 종교, 직업, 자산, 학력, 나이에 제한을 걸어두지 않았다. 결혼이나 출산 경험이 있어 도 무방했다. 프로그램의 민주적인 방식을 강조하려면 모집단이 넓어야 했다. 다양한 가치관을 지닌 다양한 군상을 출연시킬수록 비난이 덜했다. 비슷한 구애 프로그램에는 늘 이런 평가가 따라붙었다. 연예인이 되고 싶은 얼간이, 출신 학교 자랑을 안 하면 좀이 쑤시는 엘리트, 카메라 앞에 전신을 드러내야 성미가 풀리는 셀럽, 돈이 남아도는 바보, 우월한 유전자를 과시하려는 성격 파탄자들, 메트로와 리부트 거주민들만의 축제. 그러니 결국 짜고 치는 짓.

하지만 〈허니비〉 출연을 희망하는 이들의 욕구는 그와 달라 보였다. 그 욕망 안엔 자신을 위한 이기심과 세상을 위한 이타심이 불분명하게 섞여 있었다. 인간의 임신, 출산, 양육. 아듀 사태 이후 지구에서 다시 일구는, 다시 이어가는 문명. 출연자들의 모습은 아기를 원하는 이들에게, 새 세대에 대한 기대와 열망을 놓지 않는 이들에게 선명한 빛처럼 여겨졌다. 〈허니비〉의 애청자들은 버려진 땅에서 아기를 잉태해 기르는 일이야말로 가장 헌신적인 형태의 인류애가 아니냐고 물었다. 그들은 이 프로그램을 통해 태어난 아기들에게 지대한 애정을 키워나갔다. 일부 애청자들은 자신들을 양봉꾼이라 불렀다. 가톨릭 신자가 아닌데도 불구하고 스스로를 대모, 대부라 칭하는 이들도 있었다.

"애초에 엎어졌어야 했어. 차라리 허접한 연애 프로그램이 낫지."

흩어진 고니 털을 모으는 마모루를 향해 조율이 말했다. 마모루는 털 뭉치를 내려보다 입을 열었다.

"〈허니비〉 커플이 되면 되게 좋은 데서 살더라. 리부트 안에서도 제일 좋은 단지. 무슨 초원의 저택 같은 데서 평생 지원을 받으면서. 양육 특전이래."

마모루의 말에 조율이 눈을 가늘게 떴다.

"너도 〈허니비〉 봐?"

"아니, 네가 하도 욕하니까 지나가다 그냥."

"저희 좀 보세요. 저희는 아기를 낳을 수 있어요. 우와! 정말 훌륭해요. 인류 문명을 재건해주시다니. 마모루, 넌 이 말이 멀쩡한 것 같아? 멍청한 소리에 귀가 안으로 말려들어갈 것 같지 않느냐고."

사냥 가방을 느릿느릿 털던 마모루가 말했다.

"근데 그게 정말 멍청한 소리인가. 생각해보니 열에

여덟이 꼭 멍청한 건가 싶어. 열에 둘이 더 멍청할 수
도 있지."

"무슨 말이야?"

"다른 무엇보다 엄마, 아빠가 되는 게 꿈인 사람도
있을 거잖아. 고통을 참으면서도 수고스럽게 아이를
기르고 싶은 사람들."

"고통을 참으면서도 수고스럽게 **'자기' 아이**를 기르
고 싶은 사람들이겠지."

"그건 욕심이 아니라 본능 아닐까? 너한텐 어이없어
보이지만 다른 사람들한텐 소박한 소망일 수도 있지.
판단을 다 제쳐두고 생각해봐. 임신해서 아이를 낳을
수 있다면 아무래도 그 방식을 택하지 않겠어? 힘들어
도 괴로워도 **자기들을 닮은 애**잖아. **세상에서 단 하나
인 친자.**"

"마모루, 너 몇 년 있으면 제로를 없애겠다. 제로가
어떤 곳인지 잊었어?"

"잊진 않았지. 그렇지만 아기를 낳을 수 있는 사람들
은 아기를 낳아야 하지 않을까? 그게 그렇게 헛된 꿈
은 아니잖아."

"그걸 쇼로, 구경거리로 만드는 것도 소박한 소망이고 꿈이야?"

마모루가 대답하지 않자 조율도 한동안 입을 다물었다. 본능과 욕심, 이타심과 이기심. 조율은 자신이 그 경계를 잘 구분할 수 있을지 알 수 없었다. 하지만 선을 넘어도 한참 넘은 〈허니비〉는 여전히 용인할 수 없었다. 제작진은 시청자들에게 자연에 대한 오해와 환상을 교묘히 주입시키고 있었다. 매끄러운 말로 포장했지만 죄다 허울이었다.

〈허니비〉 출연진의 이름은 없었다. 여자는 F, 남자는 M. F01, F02, F03, F04. M01, M02, M03, M04. 이 명칭이 8명의 이름을 대신했다. 아무리 출산이 최종 목표라고 해도 꺼림칙하기 짝이 없는 호칭이었다. 여자와 남자 사이, 남자와 여자 사이 그리고 이 성별 바깥에 있는 사람은 쇼에 등장할 수도 없었다. 그들 중 출연을 원하는 이가 있든 없든.

"기분 나빴다면 미안해."

갈래길 앞에서 마모루가 먼저 입을 뗐다.

"내가 이러는 게 기분 탓이라고?"

"미안, 미안. 화 풀어."

"먼저 가."

마모루가 쭈뼛쭈뼛 앞서 나갔다. 조율은 마모루가 창고에 들어가 보이지 않을 때까지 제자리에 서 있었다. 〈허니비〉 생각을 멈출 수 없었다. 피디와 작가를 비롯한 제작진의 머릿속이 궁금했다. 아니, 그 지경까지 가버린 머릿속이라니 사실 궁금하지도 않았다. 회백색 뇌엔 주름도 못나게 잡혀 있을 것이다. 조율은 무엇보다 시청자들을 이해하기 어려웠다. 그런 개입을 통해 자신들이 아이를 사랑한다고 여기는 것, 나은 미래를 꿈꾼다고 믿는 것, 노력이 아닌 걸 노력이라고 정의하는 것. 셋 다 착각에 가까웠다.

버리지 말자. 사지 말자. 만들지 말자. 조율은 제로의 수칙을 곱씹었다. 만들지 말자는 마지막 수칙이 아니더라도 아이를 만들 생각은 없었다.

"임신을 할 수 있는지 없는지 알려줄까?"

"그게 무슨 소리야?"

조화가 조율을 향해 장난기 가득한 눈웃음을 지었다.

"마모루, 너도 따라와."

자매가 생리를 시작한 13살, 제로 밖을 수시로 나다니던 조화는 마모루와 자신을 끌고 어딘가로 달려갔다. 후피향나무 뒤 돌벽 구멍 앞. 아지트는 그때 조화가 알려준 곳이었다. 풍란 줄기를 젖힌 조화는 거기 숨겼던 종이 상자를 가슴에 꼭 안아들었다. 지금과 달리 두 다리를 땅에 곧게 디디고.

"또 외부 물품이야? 걸리면 어떡해."

"그래, 누나. 위험한 걸 수도 있잖아."

조율과 마모루가 상자를 뚫어지게 보면서 물었다. 어차피 조화가 가져온 물건을 빼앗아 밖으로 던진 적은 한 번도 없었다. 초콜릿일까. 사과 잼일까. 아니면 새로운 필기구일까. 유통기한이 지난 코코넛 주스, 내지만 남은 수첩, 액정이 부서진 테트라, 고서적, 망원경. 조화는 메트로 물건을 잘도 구해왔다. 상자를 연 조화가 조그만 기기를 두 사람의 눈앞에 흔들었다.

"임신을 할 수 있는지 없는지 알 수 있는 진단 키트야. 오줌 방울로 미리 알 수 있대. 우리 빨리 시험해보자."

"말도 안 돼. 임신이 가능한지 아닌지는 병원에 가봐야 알겠지. 정밀 검사도 없이 오줌으로?"

조율은 조잡해 보이는 키트를 보고 말했다.

"마모루, 너 먼저 해봐."

조율의 말을 무시한 조화가 컵과 키트를 마모루에게 내밀었다. 머뭇거리던 마모루가 물건들을 받아들었다. 그가 숲 쪽으로 걸어나가자 조율이 말했다.

"너랑 나랑 생리는 해도 임신은 못할걸. 확률이 낮잖아."

"생리를 할 수 있으면 임신 확률이 높지."

돌담 외벽을 보며 눈살을 찌푸린 조화가 다시 말했다.

"제로는 아닐 거 아냐. 아, 저놈의 지겨운 000."

조율은 키트를 도로 내밀었다.

"난 안 할래. 되든 말든 알 게 뭐야."

"그냥 재미로 해보자고."

그때 숲에서 걸어나온 마모루가 외쳤다.

"이거 된 거야? 나 두 줄 뜨는데."

마모루는 생각이 멈춘 듯 얼떨떨한 표정이었다. 조

화의 목소리가 높아졌다.

"마모루, 너 여기서 망보고 있어. 아니야. 그냥 눈 감고 있어."

조화가 조율의 팔짱을 끼고 억새밭으로 뛰어갔다. 바지를 내린 둘은 서로의 얼굴을 마주 보며 오줌을 누었다.

"아, 뭐야. 손에 묻었어."

볼멘소리를 내뱉은 조화가 웃자 조율도 따라 웃었다. 조율에게 미소가 사라진 건 얼마 후, 둘의 진단 키트에 붉은 줄 두 개가 생기고 나서였다. 조화가 발을 구르며 외쳤다.

"나 할 수 있어. 할 수 있다고."

"난 임신 안 할 건데."

조율의 작은 목소리는 조화의 환호에 묻혀 들리지 않았다.

"메트로랑 리부트보다 게토에서 임신이 더 잘 된다는 게 맞나봐. 농작물도 게토에서 훨씬 잘 자라잖아."

조율과 마모루의 손을 잡은 조화는 자리에서 계속 뛰었다. 조화가 그렇게 환하게 웃는 모습은 전에 본 적이 없었다.

조율은 돌아가야 할 굴을 떠올리곤 손등을 긁었다. 모니터에서 새어나온 빛이 방을 희뿌옇게 채우고 있을 것이다. 숲 그늘이 짙어지는 여기보다 그 방이 더 어두울 것 같았다.

목가영은 프로그램 게시판 글을 일일이 열어보며 욕설을 삭제해나갔다. 〈허니비〉도 싫지만, 그렇다고 〈허니비〉를 싫어하는 사람들이 좋지도 않았다. 싫으면 안 보면 되지, 왜 매회 끝까지 다 보고 와서 이럴까.

─F01과 M03이 꼭 이어져야 하는 이유 세 가지

─M02가 오만하다는 결정적 증거 다섯 개

─현재 난리 난 F02의 진짜 말투

─F04 때문에 너무 갑갑하네요

─F02가 왜 M02를 골랐는지 나만 이해 안 가나?

─F01과 M03은 절대 최종 커플이 될 수 없음

─게임 중 반칙한 인성 나락 출연자들 모음

내용을 꼼꼼히 확인해야 할 게시물은 마지막 것 하나였다. 다른 건 대충 훑어봐도 내용이 뻔했다. 그들은 출연자들에게 자신의 감정을 과도하게 투사했다. 하지만 과도한 투사는 두 자릿수 시청률의 다른 이름이었고, 시청률은 이런 이들의 욕망을 자양분 삼아 웃자랐다. 출연자들은 본능과 계산에 따라 움직이는 것뿐인데도 그들이 역경을 딛고 운명을 극복한다고 믿는 이들이 허다했다.

출연진을 통제할 방법은 없었다. 목가영은 불만과 투정이 가득한 응석받이 성인들을 상대하는 데 진절머리가 났다. 채소가 너무 많다, 채소가 너무 적다. 침대가 너무 딱딱하다, 침대가 너무 물컹하다. 물이 너무 차갑다, 물이 너무 뜨겁다. 목가영이 이 업계에서 가장 빨리 익힌 건 표정을 지우는 일이었다.

"아, 그러셨구나. 어떡해요."

목가영은 텀블러로 머리통을 내리치고 싶은 출연자 앞에서 미소를 지었다.

"오늘 소품은 여유분이 이것뿐인데 죄송해서 어쩌죠?"

미안하지 않을 때도 사과했다. 출연진의 과실은 자신의 과실이 되었다. 도벽, 흡연, 음주, 욕설, 폭력, 거짓말, 게으름, 이간질, 파벌 놀음, 과도한 애정 행각. 어쨌든 카메라 밖의 일은 카메라 밖의 일로 둬야 했다. 목가영은 울고 싶을 때 웃었고 웃고 싶을 때 울었다. 자신이 만들고 있는 건 쓰레기 같은 쇼였다.

출연자들의 얼굴은 금세 잊었지만, 그들이 벌인 짓은 쉽게 잊히지 않았다. 7기 출연자 하나는 거울에 금이 가지 않는 게 이상할 정도로 거울을 들여다봤다. 5기 출연자 하나는 먹은 것을 매일 게워냈다. 10기 출연자 하나는 자기 때문에 막힌 변기를 모른 척했다. 9기 출연자 하나는 똑같은 얘기를 항상 성의 있게 들어주길 원했다. 멕시코를 떠올리면 그의 말이 머릿속에 자동으로 들릴 정도였다.

"내가 멕시코 메트로에 있을 땐 말이죠. 여기보다 훨씬 좋은, 유서 깊은 호텔에 머물렀는데요. 커피와 도넛을 들고 창가에 서면 까마귀 떼들이 그림처럼 솟아올랐어요. 까마귀가 얼마나 똑똑한지 아세요? 그 녀석들은 신호등 색깔을 구분해요. 먹기 성가신 견과류는 길에 일부러 떨군답니다. 차가 지나가면 껍질이 깨진다는 걸 아는 거죠. 호텔 입구에서 까마귀 한 마리에게

도넛 조각을 줬더니, 그 녀석이 자기 친구들을 다 데리고 왔어요. 내가 사는 층수와 방을 알아챘다니까요. 진짜예요. 거짓말이 아니에요."

파트너인 인공지능 피디, 벨은 자신을 온전히 이해해줄 수 없었다. 벨은 촬영지와 세트장 거의 모든 곳에 있었지만, 그래서 어디에도 없는 것 같았다. 벨은 부처처럼 관대하고 부처처럼 무심했다.

"심호흡을 해봐요. 다 지나갈 일이에요."

위로가 안 되는 말만 골라서 해주는 데 벨은 일가견이 있었다. 목가영은 자신의 처지를 돌아봤다. 백업용 인간, 촬영 중 돌발 상황과 변수에 대비한 부품. 생각해보면 구성작가라는 직책은 허명이었다. 빛 좋은 개살구를 갈라보면 과육 대신 크고 마른 씨앗이 나타나는 것처럼 말이다. 저임금 서비스직이자 24시간 상담사. 하는 일을 정확히 따지자면 자신의 직업은 서버였다. 온갖 사건, 사고에 불려가는 잡무 서버.

"진짜 때려치우고 싶어."

목가영은 벨의 눈이 닿지 않는 벤치에 앉아 상대의 답을 기다렸다. 통화 상대가 **진짜 엄마**는 아니었지만,

이 세상에 엄마는 그 사람 하나였다. 어릴 때부터 지금까지 자신과 가장 오래 대화하는 어른도 마찬가지로 엄마 하나였다.

"많이 힘드니? 그래도 네가 하고 싶던 일인데."

"엄마는 그 많은 사람을 어떻게 보살피고 있어? 나는 여기 오는 8명이 88명 같아. 이걸 정말 하고 싶었을까. 대본은 아무도 안 보고 심부름만 시키는데."

"휴가는 없어?"

"휴가가 뭐야? 그런 게 있으면 거기 갔지."

"괴로우면 돌아와. 언제든."

목가영이 희미하게 웃었다. 등산로와 다름없는 제로의 언덕을 떠올리니 벌써 발목이 시렸다. 둘 사이에 곧 정적이 감돌았다.

"말이라도 고마워. 오라고 해줘서."

목가영은 오에게 서둘러 인사를 건넸다. 자신이 제로에 돌아갈 생각이 없다는 사실을 오도 이미 알고 있을 것 같았다. 잠시라면 모를까, 엄마와는 오래 함께 지낼 수 없었다. 그러니 예전 일은 두꺼운 모포로 덮어두고 가벼운 안부만 나누는 게 상책이었다. 못 가요,

못 가. 아무 데도 못 가요. 목가영은 자신의 이름을 중얼거리며 씁쓸히 웃었다. 하나도 웃기지 않은 농담에 피가 탁해지는 것 같았다.

"언니, 고니 가져왔어. 나와서 먹을래?"

조화는 늘 그랬듯 모니터 앞에서 꼼짝도 하지 않았다.

"테트라 좀 끄면 안 돼?"

조율은 종이에 싸온 고기를 이 빠진 접시에 옮겨 담았다. 조화에게 계속 묻느니 음식을 가지고 그 앞에 가는 게 더 빠를 것 같았다. 고니를 빌미로 몇 마디 말이라도 붙이고 싶었다. 대체 〈허니비〉에 왜 그렇게 빠져들었는지 궁금했다. 지금은 모니터만 보고 있지만, 조율의 기억 속 조화는 늘 호기심이 많고 해박한 사람이었으니까.

병아리콩 시리얼과 두유 광고가 끝나자 노래가 들렸다. **신생아** 수십 명이 화면을 가득 채웠다. 노란색과 갈색이 교차하는 **꿀벌 옷을 입은 아기들**이었다.

"아, 우리 허니비들."

조화가 나른한 목소리로 웅얼거렸다. 최종 커플이

낳은 아기들은 시청자들의 예상대로 귀엽고 사랑스러웠다. 1회부터 지난 회까지, 이 쇼를 통해 만들어진 아이들은 각자의 속도로 커나갔다. 하지만 방송 도입부의 모습은 모두 신생아 시기의 모습이었다. 조화는 아기들의 이름을 빠짐없이 알고 있었다. 조화가 담요를 끌어와 허벅지에 둘렀다. 조율은 그 옆에 접시를 내려뒀다.

"안 먹을 거야?"

조화가 접시 위로 손을 뻗었다. 그게 고니 고기인 줄은 알까. 어떻게 한 번을 안 쳐다보고 집을까. 고맙다는 말은 이제 생략하기로 했나. 조율은 무심히 모니터를 쳐다봤다. 조화의 심정을 헤아려보겠다는 다짐은 바로 부서졌다. 〈허니비〉의 장점을 하나라도 찾아보겠다는 애초의 생각이 대담하고 가상하기만 했다. 저런 것까지 내보낸단 말이야? 조율은 침침한 눈을 몇 번이나 비볐다.

화면은 세 컷으로 분할되어 있었다. 여성 출연자, 빈칸, 남성 출연자 순이었다. 꿀벌 모양 캐릭터가 좌우 출연자의 상반신 사진 위로 요술봉을 휘둘렀다. 그러면 화면 중앙으로 상상의 아기가 나타났다. 출연진들의 외형에 따라 태어날 아기들의 외형도 획획 바뀌었다. 시뮬레이션 그래픽 밑에는 시청자 선호도를 표시한 그래프가 함께 나왔다.

"F03과 M01. 초반보다 중간 선호도가 높은 커플이죠? 둘이 영예의 최종 커플이 된다면, 이런 아기가 태어날 거예요. 보세요. 엄마를 닮아 골격이 늠름하겠죠? 아빠 성격이라면 아이도 온순하고 차분하게 성장할 거고요. 시청자 여러분은 이 의젓한 아이가 기대되지 않으세요?"

꿀벌은 아기들의 예상 성격과 형질을 소개했다. 그들의 영유아기, 청소년, 성인 시절의 모습도 미리 드러났다. 가상의 인물들은 똑같은 미소로 제자리를 걸었다. 눈빛이 총총해도 초점은 없었다.

조율은 조화 뒤로 자리를 옮겼다. 그리고 왼손을 펴 자신이 알고 있는 것들을 꼽아보기 시작했다. 하나, 세상에는 아기를 원해도 아기를 낳을 수 없는 사람이 많다. 둘, 그래서 클론이 생겨났다. 셋, 그런데 사람들은 클론을 만든 후에도 저런 쇼를 만들었다. 넷, 쇼는 망하기는커녕 인기가 높다. 다섯, 누구도 아닌 언니 조화가 이 쇼의 중독자다. 조율은 주먹이 된 왼손을 내려 보았다.

숨을 참던 조율이 손가락을 다시 펼쳤다. 꼽아볼 게 더 있었다. 하나, 게토 밖에는 부부와 임산부와 클론들이 있다. 둘, 그들은 여기 제로에 들어올 수 없다. 셋, 제로인들은 이걸 차별이 아니라 신념이라고 여긴다. 넷, 이 수칙 때문에 제로는 불필요한 오해를 받는다. 조율은 접히지 않은 새끼손가락을 봤다. 그게 정말 오해일까. 아무 잘못 없이 받는 오해일까. 엉킨 생각은 풀어지지 않았다.

게토든 메트로든 리부트든, 그러니까 어떤 토대 위에서든 〈허니비〉는 결과적으로 아기를 원하는 이들에게 희망을 주고 있었다. 인류애가 있는, 문명이 예전처럼 회복되길 바라는 이들에겐 더. 바닥을 뚫고 지구 내핵 수준으로 내려간 출생률, 의지만 있고 조건이 따라주지 않은 환경에서 〈허니비〉가 내놓는 아기들은 명백한 빛이었다. 인간이 빛 쪽으로 움직이는 건 당연한 일 아닌가. 컴컴한 그늘에 웅크려 있는 걸 좋아할 존재는 보통 인간이 아닌 경우가 많으니까.

하지만 조율은 〈허니비〉를 똑바로 시청할 수 없었다. 사생활, 긴 사생활의 노출이 섬뜩했다. 화면의 아기들을 보는 동안 조율은 출연자들이 동침하는 모습을 떠올릴 수밖에 없었다. 태어날 아기들이 빠르게 자라나는 모습에서 눈을 뗄 수 없었다. 그들의 외면과 내면을 언제까지라도 멍하니 구경할 수 있을 것 같았다. 한 사람의 전 생애를 쉽게 짐작할 수 있을 듯했다.

그러니 〈허니비〉는 아무리 생각해도 저열하기 그지없는 번식 쇼였다. 시청자들은 관심을 가지면 안 될 영역에 대해 노골적인 관심을 내보였고, 제작진은 보이지 않고 보여서도 안 되는 것들을 드러냈다.

게다가 조율이 알고 있기로 인구 증식과 인구 축소를 계획하려던 역사는 무시무시했다. 생식에 관한 인위적인 노력은 항상 엄청난 폐해를 가져왔다. 조율만이 쇼를 싫어하는 게 아니었다. 애청자가 많은 만큼 〈허니비〉를 조롱하고 비난하는 사람들의 수도 많았다. 무려 10년 넘게 방영되는 쇼였다. 조율은 라이더들이 〈허니비〉에 대해 떠드는 걸 들은 적이 있었다.

"그걸 보면 임신을 막 하고 싶어? 말도 안 돼. 아니, 자기들도 안 낳았으면서 왜 우리더러 낳으래."

"자연 임신이 뭐라고. 우리한텐 클론이 있다고 얼마나 더 말해야 하나?"

"근데 클론이 있는데 왜 인구수가 부족하다는 거야? 모자라면 막 복제하면 되지."

"바보야. 나라에서 인구수 조절하는 이유를 모르겠냐? 막 복제하면 또 망하지. 인간이 100억 명 가까이 있었을 때 세상이 멀쩡했을 것 같아?"

"난 내 주변에서 아이든 클론이든 사람을 기르고 싶다는 사람은 한 명도 못 봤어."

"다 조용히 해라. 양육에 딸린 산업이 한둘이야? 그걸 발전시키겠다는 거지. 〈허니비〉는 민영 방송사가 만들잖아. 그러니까 어느 사업체들과 결탁했는지 털어봐야 해. 광고 수주 과정부터."

조율은 빈 접시를 들고 방에서 나왔다. 제로에서 메트로와 리부트 지역의 방송물을 보는 행위는 금기였지만, 금기로 정해진 것의 대부분은 언젠가 깨지기 마련이었다. 시간과 장소를 막론하고 사람들에겐 반드시 몰래 할 수 있는 일이 필요한지도 몰랐다. 그러니 이딴 짓은 차라리 금기로 두지 않아야 했을지도 몰랐다. 엄마가 수장인데도 이런데 뭘 기대할까. 제로에도 조화 같은 애청자는 더 있을 것이다. 이 시간에 집에 있는 사람 중에 많은 이가 〈허니비〉를 시청할 수 있었다. 망가진 테트라와 깨진 모니터를 수리하고 케이블을 이어서. 제로는 금이 점점 선명해지고 있는 공동체였다. 수칙을 지키는 집단, 수칙을 지키지 않는 집단 그리고 자신처럼 수칙을 지켜도 심란한 집단까지. 골은 패인 지 오래였다.

제로 본당에서는 매주 금요일 오후 4시에 자유 토론이 열렸다. 상석은 없었다. 마음에 드는 의자에 앉아 입을 닫고 있으면 곧 토론이 시작되었다. 게토에 제로라는 이름이 생긴 직후부터 뿌리내린 문화였다. 조율은 생리를 시작한 해부터 본당에 꾸준히 발을 들였다. 너무 어릴 때는 하품이 나고 팔다리가 배배 꼬였다. 그런데 네 번째 생리가 끝나갈 무렵부터 어른들의 얘기가 흥미롭게 들리기 시작했다.

"초기의 슬로우 스텝 캠페인에도 문제가 있었어요. 너무 멀리 가늠한 게 실수였죠. 사람들이 인도네시아 축사, 호주 바다, 미국 농장에 무슨 관심이 있었겠어요. 북극곰을 지키자, 팔색조를 살리자, 치타를 구하자. 죄다 마찬가지인 구호였죠. 평생 몇 번이나 만난다고. 갈 일도 볼 일도 없는데 뭐가 와닿았겠느냐는 거죠. 문제를 그렇게 관망할 게 아니었는데."

"먼 곳에 관심이 없는 사람들은 가까운 곳에도 관심이 없었어요. 거리상의 문제가 아닌 거죠. 아듀 사태 이전에도 많은 이들이 경고했어요. 그 사람들이 도대체 얼마나 더 화를 내고 소리 질러야 했을까요."

"그냥 가난해진다고 말했어야죠. 물가가 높아져서 생활이 어려워진다고. 그 쉬운 말을 안 하고 지구가 병들었다는 말만 했잖아요. 아픈 지구 말고 아픈 사람들을 얘기했어야지. 그러니까 우주선을 타고 여길 뜰 생각을 하게 된 거 아니에요?"

"들을 마음이 없는데, 무슨 얘기가 더 필요했겠어요?"

토론이 과열될수록 집중력이 조금씩 흐트러졌지만

말이다.

"테트라를 고쳐 쓰면 안 되나요? 버려진 것들에 한해서요."

"그건 흉물 덩어리에 불과해요. 필요한 정보는 문서로 접할 수 있잖아요. 제로 창고, 기념관, 사제관에 쌓인 책이 얼마나 많다고요."

"책 말고도 다른 게 필요할 때가 있어요. 왜 테트라를 가지면 안 되는데요? 어차피 새것도 아니잖아요."

"여가형 전자기기 사용을 단순한 금기라고 생각하지 않으셨으면 좋겠어요. 테트라는 우리의 말초신경을 계속 자극합니다. 청소년 시기엔 편도체에 부정적인 감정을 저장시키고요. 예를 들어볼까요. 테트라에서 갓 태어난 당나귀를 보고 웃고 있다 보면 곧바로 총격 사건 보도가 나옵니다. 그럼 사용자는 입가에서 미소가 사라지지도 않은 채로 피 흘리는 소년을 보게 돼요. 물론 웃는 얼굴로 부상자를 볼 생각은 없었겠죠. 하지만 결국 웃은 꼴이 됩니다. 판단과 반응의 불일치, 이 틈이 주는 스트레스. 우리의 영혼은 이런 순간들로 조금씩 부서집니다. 공백을 용납하지 않는 테트라는 우리를 서서히 갉아 무너트려요."

본당 의자 맨 뒷자리는 더할 수 없이 아늑했다. 거기
선 사람들을 평생 바라볼 수 있을 것 같았다. 조화는
이 시간에 제로 밖으로 빠져나갔고 마모루는 자신의
어깨나 허벅지에 기대 깊은 잠에 빠졌다. 여럿과 함께
있어도 혼자 있는 기분. 그건 예상과 달리 무척 귀중하
고 충만했다. 도중에 어려운 용어와 개념이 튀어나오
긴 해도, 토론이 끝나면 여러 번 곱씹을 수 있는 생각
거리가 쌓여갔다. 멀리서 엄마를 바라볼 때면 어쩐지
뿌듯하기도 했다. 엄마의 말은 언제나 정연했다.

조율은 자신이 토론에서 처음으로 입을 뗀 그날을
잊지 않았다. 사람들이 자리에 앉은 순간부터 자리를
뜰 때까지 모든 장면을 또렷이 기억할 수 있었다. 토론
초반을 지나 발언권을 얻은 목가영이 일어났다. 목가
영은 조율과 조화처럼 오를 엄마라고 불렀다. 하지만
조율과 조화는 그와 인사 외에 몇 마디 말도 나눠보지
못했다. 뒤늦게 다른 게토에서 온 사람을 향해 불쑥 언
니라고 부를 수도 없었다. 엄마와 가깝게 지내던 목가
영은 어느새 제로의 변화를 원하는 청년 무리 중 하나

가 되어 있었고 엄마의 가치관과 전혀 다른 가치관을 지니고 있었다.

"동의합니다. 다른 게토처럼 우리도 부부와 임산부와 클론을 받아들여야 해요. 세상은 변했어요. 변해가는 중이고요."

목가영의 말이 끝나기 무섭게 옆의 남자가 손을 들고 말했다.

"그래요. 제로 청년들의 목소리를 들으셔야 해요. 고집부리지 마시고요. 우리도 숙박 시설을 짓고 농작물을 상품으로 만들어야 합니다. 다른 게토들과의 교류 프로그램도 구상하고요. 지금 제로는 심하게 말해…… 음산한 종교 시설 같아요."

조율은 천천히, 하지만 곧게 올라온 엄마의 손을 쳐다봤다.

"제로는 인류의 과거를 되새기며 생활하는 사람들의 거처입니다. 욕망의 면적을 줄이고 각자가 걸어온 길을 부지런히 살펴야 해요. 여기에선 무엇도 남기지 않은 채 머물러야죠. 최대한 담담한 방문객으로요."

목가영이 다시 손을 들었다.

"옛날 신념을 예외 없이 고수하는 건 근본주의적인 발상이죠. 제로에 메트로 제품이 얼마나 많이 들어왔는지 아시잖아요. 물건이든 사람이든 유입을 제한할 순 없어요."

엄마 옆의 여자가 화가 난 듯 손을 크게 흔들었다.

"무슨 소리예요? 제로는 충분히 유연해졌어요. 여긴 융통성 없는 폐쇄구역이 아니라고요. 오래전엔 우리 모두 말을 시작하고 끝낼 때마다 인중에 오른쪽 검지를 올렸어요. 말의 무게를 생각하고 내뱉자, 말의 영향력을 가늠하고 마무리하자는 뜻이었죠. 근데 해가 갈수록 의례가 번잡스럽다고 하는 사람이 늘어나더니 어떻게 됐어요? 결국 없어졌잖아요."

자리에 앉으려던 여자가 다시 말했다.

"버리지 말자. 사지 말자. 만들지 말자. 이제 제로에 남은 비행동 수칙은 단 세 개예요. 폐기, 소비, 생산 금지. 설마 이 세 개를 잊어버린 건가요."

목가영이 손을 들었다.

"안 그래도 예전부터 묻고 싶었어요. 세 번째 수칙, 만들지 말자. 이 수칙에 인간도 포함시킬 수 있는지를

요.”

목가영의 말이 끝나자 엄마가 손을 들었다.

“포함되죠. 아무것도 만들지 않기로 했으니, 인간도 당연히 거기 들어갑니다.”

엄마가 숨을 고르고 다시 말했다.

“아시겠지만 저는 부부도 임산부도 미워하지 않아요. 클론도 마찬가지입니다. 저는 제로 수장으로서 인간이 비워진 자리를 그대로 두지 못하는 것, 빈자리를 메우고 존속시키려는 방식에 찬성하지 않는 것이죠. 아듀 사태 이후 우리 모두 깨달았잖아요. 인간이 줄어들자 인간 아닌 생명체들이 숨을 쉬게 된 사실을요. 그러니까 인간이 세상의 중심이라는 사상이 얼마나 해로웠는지 말이에요.”

손을 드는 사람은 더 없었다. 본당에 서 있는 이들은 이제 엄마와 목가영뿐이었다.

“인간은 유해하다. 단명이 숙명이라면 수긍하자. 이 딴 곳에서 욕망을 추구하는 건 결국 순전한 이기심이다. 그렇다면 제로에서 산다는 건 사실상 느린 형태의 자살 행위 아닌가요?”

"'이딴 곳'이나 '순전한' 같은 형용사를 동원해 의견을 부풀리지 마세요. 극단적인 단정도 주의해주시고요. 제 말의 본질은 여기서 잘 퇴장하자는 말입니다."

"잘 퇴장하는 게 대체 어떤 건데요. 본능을 억누르고 짐짓 괜찮은 척, 멀쩡한 척 아무것도 하지 않고 시들시들하게 살자는 건가요."

"다시 불필요한 과장을 하시네요. 아니요. 살려고 하는 본능은 늘 귀합니다. 그런데 잘 살려고 하는 마음은 약간 위험해요."

"그 마음이 왜 위험한데요?"

"잘 살려고 하는 마음은 너무 잘 살려고 하는 마음과 이어지니까요. 둘은 거의 붙어 있으니까요."

목가영이 눈살을 찌푸렸다. 의자 모서리에 정강이를 세게 부딪힌 듯한 표정이었다. 그는 천장을 한번 올려보고 말했다.

"논점을 벗어난 것 같으니 원점으로 돌아가죠. 제로가 빈민 모두에게 문을 열어두고 부부, 임산부, 클론과 같은 약자들을 받아들이지 않는다는 건 아무래도 반인륜적인 처사예요."

엄마는 평온한 표정으로 되물었다.

"인류가 뭐죠? 인간다운 것, 인간 같지도 않은 것, 인간보다 못한 것. 왜 전부 인간이 척도가 되어야 하나요. 산불이 났을 때 예전 사람들은 숲의 동식물들이 얼마나 죽고 다쳤는지 얘기하지 않았어요. 인명과 재산 피해만 보도했죠. 혹시 이런 것이 인류인가요."

본당 안의 사람들이 하나둘 고개를 떨궜다. 조율은 목가영과 엄마를 번갈아 쳐다봤다. 그리고 숨을 한껏 들이마신 뒤 손을 들었다.

"부부, 임산부, 클론. 저는 그 사람들이 제로에 오면 안 된다고 생각해요."

제로 사람들이 조율을 향해 일제히 고개를 돌렸다.

"낭비요. 물리학적으로 너무 많은 에너지가 드니까요. 사람은 다른 생명체들의 목숨을 너무 많이 빼앗아요. 마모루와 사냥을 나갈 때마다 이상했어요. 목숨 하나가 우리의 한 끼라는 게. 태어난 이후 매일매일 살아온 생명이 그렇게 어이없게 끝난다는 게. 우리가 그들의 숨을 끊어도 되나요? 우리들한테 그럴 가치가 있어요?"

실내가 아까보다 적막해지자 조율이 다급히 말했다.

"그러니까…… 고민이 된다는 거지, 사냥을 관두겠다는 말은 아니에요."

목가영은 어린 조율을 물끄러미 쳐다보았다. 목가영이 제로에서 나간 건 그날로부터 여덟 번의 토론을 더 하고 나서였다.

조율은 사슴의 등에서 시선을 뗐다. 한 해쯤 살았을까. 어딜 돌아다니다 덫에 걸린 걸까. 몸집은 작고 털색이 옅었다. 무늬가 선명해지기도 전에 숨을 다한 짐승이었다. 조율이 가슴을 치며 말했다.

"이상하다. 낮에 먹은 게 얹혔나봐."

"울렁거려? 등 두드려줘?"

조율이 고개를 저었다.

"괜찮아지겠지. 근데 오늘은 여기서 해체하기 어렵겠다. 같이 못해서 미안해."

"아니야. 창고에서 애들이랑 하면 돼."

허리를 좌우로 돌린 마모루가 사슴을 들어 어깨 위에 들쳐 멨다. 그리고 사슴의 넓적다리를 툭툭 두드렸다. 마모루는 먹이의 어깨나 다리를 몇 번씩이고 두드렸다. 오랜 습관이었다. 죽은 사슴의 다리에선 북소리가 났다. 아지트에서 주워 창고로 가져다 둔 타악기들에서도 비슷한 소리가 났다. 손바닥이 닿는 부분을 모두 동물 가죽으로 만들었기 때문이다. 사람이 동물에게서 가져가는 건 몸 하나가 아니었다. 동물들은 죽어서도 사람의 일을 거들었다.

"마모루, 너 있잖아. 매번 뭐 하러 두드리는 건데."

"고생했다고, 고맙다고 그러는 거지. 옛날 부족들도 사냥을 마치면 다들 나름대로 의식을 치렀대."

조율은 마모루가 무슨 책을 보고 그렇게 말하는지 알았다. 문화인류학을 다룬 고서적일 것이다. 먹이를 직접 잡는 사람들이 지금보다 적었던 시절, 먹이가 어디서 온지 모르고 먹는 사람들이 훨씬 많던 시대. 조율은 먹이의 궤적을 알고 먹는 것, 모르고 먹는 것 둘 중에 어떤 게 더 나쁜지 가늠하기 어려웠다. 조율이 자신의 입술을 문지르다 물었다.

"죽여놓고 격려를 하는 건 이상하지 않아?"

"격려하고 죽이는 것보단 낫지."

앞서 나가던 마모루가 갈래길에서 손을 흔들었다. 마모루가 시야에서 사라지자, 조율은 핏방울이 고인 흙더미 옆에서 헛구역질을 했다.

기도처로 돌아온 조율은 굴 앞에 한참 동안 서 있었다. 언니의 슬리퍼가 아무렇게나 놓여 있었다. 방향이 반대로 놓인 한 짝이었다. 조율은 허리를 굽히고 두 개의 슬리퍼를 한 방향으로 가지런히 돌려놓았다. 이건 조율의 오래된 습관이었다. 언니의 신발 끝이 같은 곳을 향해 있지 않으면 불길했다. 조율은 굴에 들어가는 대신 발을 틀었다. 잠시 혼자 있을 곳이 필요했다.

사고는 언니가 자신과 함께 제로 밖 하구에 나갔던 날 일어났다. 늦은 오후, 둘은 강가 쪽으로 계속 걸었다.

"저 앞에 보도블록은 밟지 마. 약간 튀어나와 있거든."

조화는 하구에서 강까지 이어지는 길을 낮에 자주 걸어봤다. 경로가 훤히 보이는 직진로였다. 조화가 들뜬 기색으로 안내를 도맡았다.

"이제 이 터널을 건너면 강이야."

강변으로 이어지는 터널은 꽤 길었다. 조화는 터널 벽에 세워둔 자전거를 끌어냈다. 조율은 입구 모퉁이에 멈춰 섰다가 안에 발을 붙였다.

"아무도 안 가져가는 내 고물 전용차. 뒤에 태워줄까?"

조율이 고개를 저으며 터널 벽을 둘러봤다. 깨진 전구에서 빛이 날카롭게 비어져나왔다. 통로엔 크고 작은 성기 모양 낙서가 가득했다. 터널 내부 벽면엔 흰색 타일이 몇 개 남아 있지 않았고 그마저도 먼지와 때가 빼곡했다. 조율이 걸음을 내딛다 말고 말했다.

"그냥 돌아가면 안 돼? 이 굴다리 좀 별로인데."

"왜. 너도 같이 나오고 싶다며. 아까 그렇게 졸랐으면서."

"다음에, 내일 낮에 다시 나오자. 금방 깜깜해질 거야."

그때 터널 맞은편 입구로 자전거를 탄 소년 무리가 쏟아져들어왔다. 터널 안이 금세 말소리로 웅웅 울렸다. 반대쪽 입구의 두 소녀를 발견한 소년들이 자전거 앞바퀴를 들어올렸다. 조율은 눈을 가늘게 떴다. 운동

을 오래 했는지 멀리서 봐도 몸이 가볍고 탄탄한 것 같
았다. 몇몇은 제자리를 빙빙 돌며 손을 흔들었다. 한
소년이 조화를 향해 외쳤다.

"아, 언제 오게."

조화가 주머니에서 젤리 콩 몇 알을 꺼내 조율에게
쥐여주었다.

"먹으면서 기다릴래? 괜찮으면 같이 가고."

"너 갑자기 왜 언니 흉내야?"

안장에 올라탄 조화가 뒤돌아 말했다.

"잠깐만 얘기할게. 강엔 우리 둘만 가자."

조율은 앞서나간 조화의 뒷모습을 가만히 눈에 담
았다. 무리에 가까이 가기 꺼려졌다. 한 소년이 조화의
잔소리에 내내 웃었다. 친밀한 사이 같았다.

"더, 더. 허벅지에 힘을 줘봐."

연인처럼 보이는 둘을 조율은 숨죽여 지켜봤다. 더
러운 통로와 소년과 조화는 잘 어울렸다. 조율은 먼발
치에서 두 사람의 미래를 떠올렸다. 얼마 후면 조화는
제로를 떠나 가까운 바다에 나갈지도 몰랐다. 조화는
자신과 달리 항상 크고 거친 걸 좋아했으니까. 조율은

배에 오른 조화와 소년을 머릿속에 그려봤다. 그때도 조화가 돛과 해풍에 대해 떠들 것 같았다. 태양에 알맞게 그을린 전신은 보기 좋을 것이다. 점심 식사를 마치고 나른해진 소년은 조화의 허풍에 지금처럼 깔깔 댈 것이다. 조율은 그 배에 자신을 태워봤다. 두 사람 사이 자신의 모습은 상상 속에서도 흐릿했다. 전혀 섞여들지 않았다. 조율은 뒤돌아 걷고 싶었다. 밝게 웃는 조화와 소년을 보고 싶지 않았다. 제로 밖의 해변, 멀끔한 갑판에서 바람을 맞으며 웃는 자신과 조화. 방금 한 상상이 기분 나쁠 만큼 음울하게 느껴졌다. 소년 곁을 돌던 조화가 페달을 세게 밟으며 말했다.

"속도를 줄이지 말고 발을 굴러. 그래야 근육이 발달하지."

"더 안 되겠는데?"

"이대로 쭉 타야 체력이 붙어. 난 오르막길 끝까지 안 쉴 거야."

"나는 포기. 걸어서 올라갈래."

조율이 터널 벽에 기대앉았다. 잠깐만 얘기한다던 말을 믿는 게 아니었다. 조화는 강에 가지 않을 것이다. 이 다리 근처만 맴돌다 늦게서야 자신에게 올 것이다. 그때였다. 뭔가가 쿵 떨어지는 소리가 났다. 소년들이 굴다리 밖으로 몰려 나갔다. 그들은 아까 지나온 내리막길을 쳐다보며 소리를 질렀다.

"쟤 튕겨나간 것 같아."

조율이 소년들의 어깨를 밀치고 달려나갔다. 터널 앞엔 자전거 두 대가 쓰러져 있었다. 입을 틀어막은 여자와 땅에 주저앉은 소년 그리고 자전거에 다리가 깔린 조화가 보였다. 내리막길의 여자와 오르막길의 조화가 만나 벌어진 사고였다. 조율이 젤리 콩을 뱉어냈다. 입속엔 조화가 준 자몽 맛 젤리 조각이 아직 남아 있었다.

"일어나. 얼른 일어나."

대꾸는 없었다. 조율 뒤편에 있던 소년들이 조화에게 조심스럽게 다가갔다. 누군가 손을 뻗어 조화의 몸을 흔들자 길을 타고 핏물이 흘러내렸다. 골반에서 시작된 붉은 액체는 곧 경사로를 따라 두 줄기로 갈라졌다.

"아니야, 아니야. 제발."

조화는 눈을 감지도, 말을 하지도 못했다. 힘, 체력,

근육, 속도. 몇 초 전까지 조화가 썼던 단어는 그에게서 가장 먼 곳으로 떠나버렸다. 소년들은 자리에 선 채로 굳어 있었다. 조화의 자전거를 들이받은 여자가 울기 시작했다. 무릎을 짚은 소년이 물었다.

"치료를 받으면 되겠지? 살 수 있겠지?"

그 순간부터 조율이 기억하는 장면은 모두 조각나 있었다. 조화의 비명. 쉼 없이 우는 여자. 슬리퍼 바닥을 적시는 피. 소년들이 몰고 온 오토바이.

"피가 난 게 더 나을 수도 있어."

화를 참듯이 말하던 오. 차디찬 지하 바닥. 처음 보는 거대한 수술 도구들.

"부으면 더 위험해. 터진 피가 안에 고이면 돌이킬 수 없으니까. 그러니까 나을 거야. 나을 거라고."

오는 자신을 한 번도 보지 않고 말했다.

제로 꼭대기, 성모상 앞에 도착한 조율이 참았던 숨을 토해냈다. 마지막 경사로가 가팔라 허벅지와 종아리 근육이 욱신거렸다. 그래도 여기까지 오면 누구도 만나지 않을 수 있었다. 사슴 한 마리 그리고 고작 잘

못 놓인 슬리퍼 한 짝이었다. 하지만 뇌가 멋대로 하는 연상작용을 막을 길은 없었다. 언니가 또 불시에 사고를 당할 것 같았다. 슬리퍼가 놓인 방향으로 몸이 뒤틀리게 될 것 같았다. 반대로 어긋난 왼쪽 다리와 오른쪽 다리, 피에 젖어드는 하반신, 멍하게 벌어진 눈과 입. 보고 싶지 않은 장면들이 눈앞에 선했다.

뒤돌아선 조율은 나무들을 내려다보았다. 둔덕마다 여러 종의 나무가 자라나고 있었다. 몸통의 크기는 전부 달랐다. 꽉 비틀어놓은 수건처럼 보이는 몸, 가느다란 혈관 뭉치를 닮은 몸, 단조의 선율이 흘러나올 듯한 몸. 나무들은 다들 자신의 힘으로 자라났을 텐데도 그 자리에 억지로 머무르는 듯했다.

고개를 돌리던 조율이 산벚나무 하나를 오랫동안 쳐다봤다. 몸이 가로로 거의 쓰러지다시피 한 고목에서 연하고 부드러운 가지들이 올라와 있었다. 엄마가 철판으로 만든 받침대 몇 개가 고목을 떠받들고 있었기 때문이다. 그냥 내버려두지 왜 저 상태로 견디게 했을까.

조율은 엄마의 노력이 뭉클하지도, 아름답지도 않다

고 생각했다. 죽은 것과 다름없는 벚나무에서 새 몸이 이어지는 모습은 오히려 무서웠다. 대대손손 어떻게든 맥을 잇겠다는 의지가 숭고하게 여겨지지 않았다. 조율은 나무를 지탱하는 받침대에서 시선을 뗐다. 햇빛을 반사해내는 철 기둥을 지켜볼수록 과학소설에서 읽었던 의식 이동 장치 같은 게 떠오를 뿐이었다. 숨이 끊기기 직전, 새 육신에 자신의 기억과 역사를 그대로 옮기는 짓이 책을 읽던 그때도 이해되지 않았다. 그 인물들은 삶을 왜 영원히 이어가려고 했을까. 죽지 않고 또 살길 정말 바랐을까. 조율이 얼굴을 구기고 도리질 쳤다. 제로의 수칙대로 사람들은 뭘 만들어내는 짓을 단념해야 했다.

뒤돌아선 조율은 성모상을 천천히 바라보았다. 길고 얇은 목, 짝짝이인 콧구멍, 너무 작은 귀. 언덕 아래 위용 있는 석상들보다는 작고 볼품없는 모양이었다. 평생 사냥도 농사도 구걸도 하지 않은 이 마리아에게서는 어떤 생활력도 찾아볼 수 없었다. 몸에 튀어나온 핏줄은 하나도 없고 얼굴은 창백했다. 종일 같은 곳에서 산자락만 내려보는 그가 애잔했다. 성모상 발치에 앉은 조율은 마리아의 좁은 발등을 두어 번 쓰다듬었다. 그 자리에서 고개를 들면 자신을 울적한 눈빛으로 굽어보는 성모를 볼 수 있었다. 변함없이 잔잔한 수심이 느껴지는 표정이었다.

"안녕하세요, 마리아 님. 오랜만이에요."

인사를 마친 조율이 주머니에서 뭔가를 꺼냈다. 새 먹이였다. 조율은 마리아의 손바닥 안에 빻은 땅콩과 캐슈넛 그리고 말린 사과를 탈탈 털어 부었다. 곧 새들이 몰려들 것이다. 성모상 맞은편 나무 뒤에 숨은 조율은 잠시 후 슬며시 웃었다. 땅콩을 집은 딱새가 꼬리를 부르르 떨었다. 박새, 되새, 곤줄박이가 차례로 몰려들었다.

조율은 눈을 감고 새들의 몸이 천 배, 만 배 커진 모습을 그려갔다. 공룡처럼 커진 멧비둘기들이 기도길을 차지하고 돌벽을 부수고 제로 밖으로 나가 인간이 만든 거라면 무엇이든 허물어뜨리는 모습을. 부피와 무게가 달라졌을 뿐, 새들에겐 아무 괴리감이 없을 것이다. 살아온 것처럼 살아가면 된다. 배가 고프면 먹을 걸 뒤지고, 졸리면 눈꺼풀을 닫고, 날고 싶으면 양 날개를 펼쳐 몸을 띄우고. 높이 높이 올라 작살과 총알이 날아들지 못하게, 커지고 커져서 아무 위협도 받지 않게.

조율은 해가 질 때까지 거기 앉아 마리아와 새들을 구경했다. 이 새들에게 별명이 붙으면, 새들을 따로 부를 이름을 짓는다면 사냥은 끝날 것이란 생각이 들었다. 수확물은 이미 형편없이 줄어들고 있었다. 잡을 수 있는데 안 잡은 것, 잡은 척하다 놓아준 것, 일부러 소리를 질러 쫓아낸 것. 언젠가부터 숨이 끊긴 동물만 주웠을 뿐이다. 그 일마저도 몇 번은 마모루에게 시켰다. 부탁을 받은 마모루가 이유를 물은 적은 없었다. 하지만 조율은 그때마다 귓가에 이런 말이 들리는 기분이 들었다.

'눈을 떠. 뒤돌아서 딴청 피우지 마. 못하겠으면 못하겠다고 말해. 결국 먹을 거면서도 이러는 건 비겁하고 무책임해.'

자리에서 일어난 조율은 감나무를 올려다봤다. 색이 진한 단감 하나가 손끝에 닿았다. 떫을 것 같진 않았다.

"언니, 감 먹어."

〈허니비〉를 보고 있어야 할 조화가 자리에 없었다. 이불 밑엔 베게 네 개가 포개져 있었다. 입구가 막힌 굴을 빼면 다른 굴 어디에도 언니는 없었다. 조율은 창고로 달려가 마모루를 깨웠다. 후피향나무까지 가는 길에도, 돌벽 구멍 밖에도 조화가 보이지 않았다. 얼마 뒤 둘에게 소식을 들은 오가 자리에 주저앉았다.

이튿날 제로 근처 공터에 차 한 대가 멈춰 섰다. 두 경찰은 빈민가를 두 바퀴째 돌았다. 차창 밖 풍경은 단조로웠다. 두 경찰은 나부끼는 현수막을 쳐다봤다. 지게차 대여, 묘목 분양, 밀 도매, 농기구 수리, 게토 거주민 맞춤형 대출. 나머지는 실종 신고 번호가 적힌 옥외 광고물이었다. 모두 성인, 그중에서도 고령자들을 찾는 문구였다. 아이나 청소년은 없었다. 도로의 어린이 보호구역은 전부 해제되어 있었다.

"게토 제로에서 실종된 조화 씨를 찾습니다. 여성, 18세, 152cm, 43kg, 왼쪽 다리가 불편, 실종 당시 옷차림은 추정 중. www.missingperson.or.kr / 1402-

1045-3925"

여자 경찰은 고개를 저었다. 허허벌판에서 울리는 음성이 누구에게 가닿을까. 안내 문자는 테트라를 가진 이들에게만 발송된다. 게토에선 문자를 받는 이들이 드물 것이다. 이 지대엔 보안 카메라도 없다시피 했다. 남자 경찰이 공터의 폐차들을 가리켰다.

"저것 좀 봐. 녹이야, 피야? 살짝 스치기만 해도 파상풍 걸리겠다."

여자 경찰이 실눈을 떴다. 공터 구석, 폐자재 더미 옆에 세워둔 도로 안내판에 '면'과 '리'라는 단어가 보였다. 사라진 낱말을 직접 본 건 처음이었다. 남자 경찰이 갑자기 스피커 전원을 끄고 히터를 켰다.

"머리가 지끈지끈해서. 잠깐 쉬자."

버려진 주상복합 오피스텔, 무너진 물류 창고, 귀신도 떠난 듯한 가옥. 이 지역은 통폐합된 도심 메트로와 수십 킬로미터 떨어진 게토였다. 건물 외벽마다 욕설이 쓰여 있었다. 남자 경찰의 대각선 방향 외벽 하나엔 담배를 문 늑대 그림도 있었다. 유명한 작가의 회화를 모방한 그 그림 위에는 X 표시가 크게 그어져 있었다.

그림의 원작자는 아듀에 탑승한 화가로, 이제 그 화가와 그의 그림은 지난 세기의 위선을 대표하는 상징이 되어 있었다.

여자 경찰이 여기 오기 전 알아본 바에 의하면 제로는 아듀에 일부러 오르지 않은 이들 다시 말해 지구를 떠나는 대신 지구에 남기로 한 이들이 모여든 곳이었다. 초창기 제로엔 그들과 더불어 생태학자, 환경 운동가, 반체제 피해자들이 더해졌다고 했다. 그다음 세대는 빠르게 변질한 것 같았다. 초기 제로와 달리 지금 제로엔 이상한 내규가 자리 잡았으니까. 처음 제로를 꾸린 이들은 인간이 만들어내는 해롭고 과도한 양식을 줄여가자고 했지, 인간을 줄여가자고 말한 게 아니었다. 여자 경찰은 의자에 뒤통수를 바짝 붙였다. 하긴, 시간이 지나면 뭐든 다 굴절되는 법이니까. 어느새 구두에서 발을 빼낸 남자 경찰이 푸념했다.

"제로엔 다들 어떻게 모여 산대? **낳은 아이**도, 만든 아이도 싫다면서."

"내려서 찾기나 하자. 그 여자아이 다리 상태로는 아마 멀리 못 갔을 거야."

120

"근데 제대로 먹지도 못할 텐데 장신이네. 152cm면 리부트 체육 특기생 정도 키야. 그 사람들 진짜 시체라도 먹는 거야?"

"말조심해."

"게토에 살면서 대체 누굴 밀어낸다는 거야?"

"어떻게 살든 자기들 뜻이지."

"선민의식이 따로 없잖아. 이딴 곳에서 무슨 잘난 척이야. 무임승차 하는 주제에 궤변이 따로 없지. 아, 기생충이 기생충을 쫓아내려는 건가."

"우리도 지구에 빌붙은 기생체야. 말 함부로 하지마. 한 번만 더……"

그 순간 차 앞 유리에 뭔가가 퍽 하고 부딪혔다. 남자 경찰이 반사적으로 자기 머리를 감쌌다. 차창에 떨어진 건 돌멩이나 작은 동물이 아닌 맥주 캔이었다. 몇초 뒤 웃음소리와 야유가 들려왔다. 한 여자가 창문을 두드렸다. 손등에 한자어 문신 자국이 가득했다.

"같이 한잔할래요?"

공터 뒤편 구제 제품 집하장을 점거한 라이더들은 만취한 상태였다. 몇몇이 경광등을 보고 히죽거렸다.

"이런 건 또 어디서 주웠대?"

라이더들은 이 수상한 방문객들에게 부쩍 관심이 생긴 상태였다. 이 부근 사람들은 오후 4시만 되어도 집 밖으로 나오지 않았다. 대부분 혼자 또는 둘이서 기복 없는 일상을 보낼 뿐이었다. 혼자 또는 둘에게도 주된 말 상대는 휴루였다. 야트막한 산과 조촐한 논밭 그리고 드문드문 있는 인가가 전부인 땅은 무료했다. 라이더들이 순식간에 차량을 에워쌌다. 차에 이 정도 간격으로 사람들이 붙어 있다면, 자율주행은 불가능했다.

"비켜라, 비켜."

멀리서 한 노인이 소리쳤다. 구릉을 타고 뭔가가 무서운 속도로 내려오고 있었다. 인간이 아닌 게 분명한 존재가 차량을 향해 세차게 굴러왔다.

"뭐야, 또 멧돼지야?"

라이더들이 뿔뿔이 흩어졌다. 여자 경찰이 잠긴 문 손잡이를 쥐고 흔들었다. 오토바이들이 요란한 소리를 내며 멀어졌다.

"나가서 어쩌려고 그래?"

"멍청아. 저 안에 아기가 있잖아."

여자 경찰이 차 밖으로 뛰쳐나갔다. 갈래길에서 방향을 튼 물체는 덜컹덜컹 소리를 내며 공터로 미끄러졌다. 여자 경찰이 달려가 잡은 건 유아차였다. 이상하게도 울음소리가 나지 않았다. 그는 거기 유아 대신 다른 게 들어차 있다는 사실을 깨달았다. 여자 경찰은 멀리서 느릿느릿 걸어오는 노인에게 유아차를, 정확히는 보행기 겸 다용도 짐수레를 전해줬다.

"아이고, 고마워요."

노인은 짐수레 안의 헝겊 자루를 매만졌다. 스테인리스 기둥에 단단히 묶어놓은 자루는 멀쩡해 보였다. 찢어진 곳도 튕겨나간 물건도 없는 것 같았다.

"이거 하나 받아요. 나도 맛나에서 받아온 거긴 한데."

여자 경찰은 노인이 건넨 팥빵을 쳐다봤다. 비닐 위엔 '식료품 공유 처소, 맛나'라는 글자가 인쇄되어 있었다. 맛나는 성경에 나온 대로 하늘에서 내려오는 음식이 아니었다. 그 이름은 게토 사람들끼리 서로의 식자재를 나누기 위한 보관소를 칭했다. 남는 음식, 웃도는 수확물, 유통기한이 지났지만 먹기엔 지장이 없는 제품이 식료품 공유 처소 맛나의 물건들이었다. 여자 경찰은 고개를 살짝 숙이고 팥빵을 받아들었다. 남자 경찰은 그가 차에 들어오기 직전 차량 잠금장치를 풀었다.

"그걸 먹게? 게토 음식이잖아. 난민들이 돌려먹는 걸 입에 대려고?"

"아듀가 떠났을 때부터 인류 전체가 난민이야. 100퍼 센트 난민."

"다 같은 입장은 아니지. 우리가 게토에 올 일이 몇 번이나 있다고."

"있잖아. 넌 그냥 말을 하지 마라. 아니, 아무 생각도 하지 마. 어차피 네 생각도 아닐 텐데."

"왜 내 생각이 아니야?"

"게토 차별주의자들 생각이 네 머릿속을 비집고 들어간 거겠지. 정말로 생각이란 걸 한다면 그런 말이 튀어나오겠어?"

한숨을 쉰 여자 경찰은 가방에 빵을 넣었다. 사람에게 뭔가를 받은 게 언제였을까. 선물이란 걸 받은 게. 여자 경찰은 도롯가를 걸어가는 노인을 바라봤다. 남자 경찰이 침묵을 깨고 다시 말했다.

"저 보행기 할머니, 아직도 저기 있네. 왜 걸어도 걸어도 우리랑 안 멀어져? 200살도 넘어 보여. 아듀가 떠나는 모습도 봤지 싶다. 일부러 남진 않았을 거야. 어쩔 수 없이 떨궈졌겠지."

"시끄러워. 실종자 찾을 거야, 말 거야?"

남자 경찰이 그제야 입을 다물었다.

캄캄한 밤이 되자 제로 철문 기둥 양쪽의 사슴뿔과 뱀 가죽이 더 을씨년스러워 보였다. 철문 앞에 선 경찰들은 같은 질문을 했다. 실종자가 최근 누군가와 금전 관계를 맺었는지, 만나는 애인이 있는지, 마지막 인상 착의는 어땠는지.

"아니요, 아니요. 모르겠어요."

조율과 오는 돌아가며 같은 답을 했다. 마모루는 내내 사슴뿔 앞에 서 있었다. 낯선 사람들이 제로의 표식을 보는 게 꺼려졌다. 앙상하고 기괴한 뿔을 몸으로 내내 가리고 싶었다. 굶주리고 쫓기는 자의 영혼이 있다면 사슴과 뱀, 두 몸 중 가까운 하나의 몸에 들어가 밀린 잠을 잘지도 몰랐다.

"옷차림을 확실하게 말씀해주셔야 합니다."

남자 경찰의 말에 오가 되물었다.

"뭘 입고 나간지 모르는데 어떻게 확실하게 말해요? 이 근방 다 찾아본 거 맞아요? 아이가 멀리 가지도 못했을 텐데, 대체 뭘 하고 온 거예요?"

"중고 테트라라도 미리 장만하시든가. 위치 추적 자체가 안 되는데, 이런 곳을 얼마나 더 뒤지라고요."

조율이 오의 어깨를 감쌌다. 화를 내도 된다는 뜻, 화를 그만 내라는 뜻이 분별없이 섞여 있었다. 오가 조율의 손길을 뿌리치고 앞으로 나서려는 순간 마모루가 소리쳤다.

"저기 있다. 누나가 저기 있어요."

조화가 제로 입구를 향해 어기적어기적 걸어오고 있었다.

"실종 장소에 제 발로 걸어오는 실종자네요."

남자 경찰이 기가 찬 표정으로 중얼거렸다.

네 사람이 있어도 굴 안은 평소보다 더 고요했다. 굴에 들어올 때까지 입을 꾹 다물고 있던 조화가 외투 주머니에서 뭔가를 꺼냈다. 다 구겨진 편지 봉투였다. 종이엔 줄무늬가 있었다. 노란색과 갈색이 번갈아 배치된 형태였다. 조화는 조율에게 봉투를 내밀었다. 받는 이의 자리엔 조화란 이름이, 그 아래엔 낯선 지명이 적혀 있었다. 주소지는 제로 바깥에 있는 구제 제품 집하장으로 몇 해 전부터 주인이 없었다. 뜨내기 라이더들만 오가는 곳이었다.

"이건 언니 거잖아."

봉투를 돌려주려는 조율에게 조화가 말했다.

"부탁이 있어. 〈허니비〉에 나가줘."

조율이 눈썹을 치켜떴다. 무슨 말인지 알아들을 수 없었다. 이틀간 걱정을 시켜놓고 밤늦게야 돌아와서 한다는 소리가 왜.

"그동안 수없이 신청했어. 거기서 아이를 만들고 싶어서. 〈허니비〉가 초대장을 발송할 때마다 여기 들러 우편함을 뒤졌고."

"언니가 나가면 되잖아. 이거 언니 앞으로 온 초청장 아냐?"

"나갈 수 없어."

"용기가 안 나면 나가지 마. 포기하면 되잖아."

"포기 안 해. 임신해서 나갈 수 없는 거니까."

눈을 질끈 감았던 오가 굴 밖을 좌우로 살피고 나서 다시 들어왔다. 한숨을 쉰 조율이 말했다.

"일단 생각부터 하고 나중에 놀랄게. 언니는 제로 사람이고 이미 임신을 했어. 〈허니비〉에 절대 나갈 수 없어."

"아이를 여기서 기를 순 없어. 절대 여기서 기를 순 없어."

조화가 울먹거리기 시작했다.

"아이 아빠는 누구야? 제로에 와서 지낼 거래?"

"누군지 몰라. 알기도 싫고."

"언니, 진정하고 나랑 숨 세 번만 같이 쉬자."

조율이 조화의 양 손목을 잡고 그의 두 눈을 들여다봤다.

"정신 차리고 잘 들어. 내가 〈허니비〉에 나가서 최종 커플이 된다고 쳐. 그래서 모든 감시를 뚫고 언니 아기를 데려온다고 치자. 애 나이는? 시간 여행이라도 하게? 이게 다 말이나 돼?"

오가 자매 앞에 다가섰다. 눈 밑이 평소보다 더 푹 꺼진 것 같았다. 이마를 문지르던 오가 말했다.

"조화가 낳을 아기는 이 지하 굴에 냉동해두면 돼. 생명 보조 장치와 소형 질소 탱크를 만들 수 있어. 신생아는 살아본 기억이 없으니 깨어나도 기억에 문제가 없을 거고. 그래, 아기는 잠시 잠을 자는 거야."

조율이 입을 벌리고 오를 쳐다봤다. 오의 표정은 차분했다.

"조율, 마모루."

오가 아까보다 느긋한 속도로 말했다.

"나는 너희 둘이 〈허니비〉에 나가줬으면 좋겠다. 마지막에 둘이 서로를 선택하면 되잖니. 그럼 조화 뜻대로 아기를 밖에서 기를 수 있어. 허니비가 제공하는 좋은 환경에서 아이가 자라날 수 있다고."

조율이 마모루 곁에 붙어 섰다.

"엄마, 되는대로 말하지 마. 〈허니비〉가 그 정도로 허술한 데야?"

"거기 제작진은 피디와 작가 단둘이야. 인공지능 하나와 사람 하나. 그 사람은 제로에서 나갔지만, 나와 연락하고 지내. 너희도 알고 있겠구나. 목가영."

조율이 굴 천장을 노려봤다. 있는 힘껏 소리를 지르고 싶었다. 하지만 조율은 입을 다물고 숨을 깊이 들이마셨다. 굴 안의 산소가 훅훅 줄어드는 것만 같았다.

"진심이야? 우리더러 그 끔찍한 쇼에 나가라고? 싫어. 당연하잖아. 마모루, 너도 싫다고 말해."

마모루는 답이 없었다. 조율은 그가 뭘 보고 있는지 뒤늦게 알아챘다. 엉거주춤한 자세로 서 있는 조화였다. 조율이 급히 시선을 돌렸다.

"버리지 말고 사지 말고 만들지 말자. 이게 제로의 수칙이잖아. 아무것도 안 남기고 떠나기. 그게 우리가 여기서 할 일 아니야?"

오는 아무 대답도 하지 않았다. 조화와 마모루도 조용했다.

"언니 자식만큼은 〈허니비〉로 보내서 잘 살게 하겠다고? 그동안 했던 말은 다 어떻게 되는 거야? 성찰하고 반성하면서 깨끗이 퇴장하자며. 그게 다 헛소리였어?"

오가 자신의 찬 손을 만지작거리며 대꾸했다.

"조율. 난 이제 예순셋이야. 갈 날이 얼마 남지 않았다. 언니 부탁을 아니, 내 부탁을 유언으로 삼아주면 안 되겠니?"

조율은 애써 입가를 당겨올렸다. 언니가 흥분한 것뿐이다. 흥분한 언니 때문에 모두의 시야가 좁아졌을 뿐이다.

"언니, 괜찮아. 여기서 낳아. 아기는 우리가 같이 돌보면 되잖아."

"싫어. 절대로 싫어. 내 아이는 무슨 일이 있어도 〈허니비〉에서 커야 해. 날 출연자로 뽑아줬잖아. 그러니까 엄마 말대로 너희가 나가줘."

숨을 짧게 뱉어낸 조율이 말했다.

"제로에 임산부가 있는 것도 모자라 사기극까지 벌이자고? 그 짓거리가 발각되면?"

조율의 목소리가 점점 커졌다.

"제로 안의 대립이 더 심해질 거야. 제로가 망할 거라고. 언니랑 엄마랑 쫓겨나도 돼? 쫓겨나면 어디로 가게? 제발 대답 좀 해봐."

오가 태연히 입을 뗐다.

"〈허니비〉 시청을 완전히 금할 거다. 제로에 있는 전파 수신기를 전부 없앨 거야."

조율이 두 손으로 얼굴을 감싸쥐고 말했다.

"다들 생각이 멈춘 거야? 어디가 마비라도 됐어?"

조화가 천천히 다리를 끌며 조율 앞으로 다가왔다.

"미안해."

조율은 자리에 앉아 무릎을 감쌌다. 여기서 배웠던 모든 게 폐지 조각처럼 느껴졌다. 언니의 먹색 이기심에, 엄마의 촘촘한 광기에 숨이 옥죄이는 듯했다.

"장난치는 거지? 지금 나 놀리는 거지?"

조율의 무릎 위에 있던 손이 힘없이 풀렸다. 두 손등이 굴 바닥에 툭 떨어졌다. 조율은 언니의 왼쪽 발을 봤다. 한쪽이 땅에 닿지 않는 발에서 이제는 눈을 돌릴 수 없었다. 죄책감은 그날의 사고에서 불거진 게 아니었다. 조화가 제로를 나가지 않길 바란 마음, 자신 곁을 떠나는 걸 받아들일 수 없던 마음이 뾰족하게 뭉쳐 이렇게 날카로운 칼날이 된 것 같았다.

"검진은 통과할 수 있어. 너랑 나는 **임신할 수 있는** 몸이니까."

허리를 굽힌 마모루가 낮은 목소리로 이어 말했다.

"마지막에 너는 날, 나는 널 선택하면 끝이잖아."

조율이 마모루를 노려보며 답했다.

"어떻게 끝이야, 시작이지. 쇼가 끝나면 너랑 나는 언니 아기를 길러야 해."

마모루가 조율의 등에 손을 올리고 속삭였다.

"제로 밖으로 나가고 싶지 않아? 난 너도 그런 줄 알았는데."

조율이 다시 굴 바닥을 내려봤다.

"사냥하기 싫어하는 걸 알아. 오래전부터 그래왔잖아."

조율이 눈을 감자 마모루가 귓가로 더 가까이 다가왔다.

"넌 여기 더 머무를 수 없어."

조율이 멍한 얼굴로 자리에서 일어났다. 뒤돌아 있던 오가 몸을 틀어 조율에게 다가왔다. 조율은 자신을 껴안은 오를 밀어내지 않은 채 그대로 서 있었다. 조율의 어깨가 떨리자 오는 그의 등을 쓸어내렸다. 둘의 첫 포옹이었다.

"이해할 수 없는 걸 알아. 이해할 수 없는 일은 용서하지 않아도 된다."

조율은 읽다 만 일기장을 떠올렸다. 조화가 없어진 날 굴을 뒤지다 발견한 오의 일기장이었다. 노트는 옷장 안에 너무 깊숙이 숨겨져 있었고 그래서 누군가에게 들키길 바란 건 아닐까 싶은 의심마저 들었다. 그러자 어쩔 수 없다는 생각이 들었다. 오가 왜 이렇게 되었는지 짐작할 수 있었다. 우주에서 굴을 바라보듯 여기 넷의 모습이 조그맣고 추레하게 여겨졌다. 이해할 수 없는 일을 이해할 수 있었다. 이해한다 해도 용서할 수는 없지만.

차가 멈추자 조율과 마모루는 우비를 뒤집어썼다. 목가영이 짐칸의 문을 열면 숨을 죽이고 그를 따라가야 했다. 검은 무광 우비를 입은 세 사람은 곧장 온실에 들어섰다. 해가 없는데도 호수 수면엔 윤슬이 가득했다. 저녁 공기도 따뜻했다. 숨을 크게 들이마시자 촉촉한 풀 비린내가 콧속에 들이찼다. 우람하고 튼실한 식물들이 수도 없었다. 물병 나무, 바나나 나무, 피스

타치오 나무. 방석처럼 생긴 선인장, 흐드러진 펠트 같은 줄기, 누군가 정성 들여 짠 모직물처럼 보이는 잎도 있었다.

"여긴 모든 게 인공이야. 해, 달, 별, 구름, 물, 땅. 안과 밖 전부."

둥근 온실을 올려다본 조율은 책자에서 본 알람브라 궁전을 떠올렸다. 창고 화집에서 발견한 포근한 회화였다. 크랜베리빛 하늘 아래 건축물이 꼭 바닐라 아이스크림 같았다. 세로로 긴 그림은 갑갑하면서도 아름답고, 아름다우면서도 갑갑했다. 조율은 낯선 식물들의 이름을 하나둘 읽어보았다. 자신과 마모루가 앞으로 이름 없이 성별과 숫자로 불린다는 사실이 믿기지 않았다.

"세트장이 꼭 천국 같아요. 가보진 않았지만."

온실 입구의 호수를 내려보며 마모루가 말했다.

"앞으로 회의할 일이 생기면 내가 알려줄게. 벨이 없는 곳에서 만나야지."

"벨이라면 그 인공지능 피디 맞죠? 오한테 들었어요."

마모루의 말에 목가영이 고개를 끄덕였다. 우비 단추를 풀던 그가 아이들을 쳐다봤다. 제로에서 자라난 아이들을 제로 밖으로 데려올 줄은 몰랐다. 제로의 철문을 다시 볼 일은 없을 줄 알았다.

엄마의 신념과 제로의 수칙은 믿을 수 없도록 처참히 깨진 상태였다. 무를 수 없는 일을 맡은 이상 평정심을 유지해야 했다. 엄마의 말대로 두 아이는 총명해 보였다. 이 아이들에게 베풀 건 친절뿐이었다.

"많이 자랐네? 너희 둘. 그때는 꼭 새끼 담비들 같았는데."

목가영이 우비를 팔에 걸고 말했다. 조율과 마모루도 그를 따라 우비를 벗었다.

"둘이 서로 모른 척해야 하는 건 당연히 알고 있지?"

조율은 바로 고개를 끄덕이는 마모루를 쳐다봤다.

"최종 선택까지 감정선을 잘 조절해야 해. 드라마적인 감정선 말이야. 〈허니비〉는 시청자들이 결과를 수긍할 수 있게 연기하는 게 가장 중요하거든."

목가영이 우비 주머니에서 뭔가를 꺼냈다. 작게 접은 종이 뭉치였다.

"테트라에 남으면 안 돼서 직접 썼어. 무슨 글씨인지 안 보이면 말해."

조율과 마모루는 목가영이 내민 종이를 잠자코 읽어 내려갔다. 첫 장의 허니비 지도 안엔 벨의 기능이 활성화되지 않는 곳들이 표시되어 있었다. 대체로 물과 가까운 곳이었다.

"둘이 따로 얘기할 장소가 필요할 테니 외워둬. 밀회 장소가 온실 하나면 곤란하니까. 자, 표시 지점을 확인해봐. 분수대 앞 첫 번째 파라솔, 수영장 앞 두 번째 빈백, 자갈 정원의 세 번째 벤치, 귤나무 울타리 네 번째 선베드, 호숫가 다섯 번째 방갈로……."

"와. 여기 온실 말고는 가는 족족 다 틀릴 것 같은데요."

마모루의 말에 목가영이 답했다.

"기억하기 어려우면 자리에 앉기 전, 항상 오른편 하단을 봐. 작은 십자가 무늬 표식이 있는 의자를 골라. 내가 그어둔 곳이야."

다음 장엔 글씨가 많았다. 허위로 기재된 조율과 마모루의 개인정보 그리고 최종 커플이 된 참가자들의 성향을 분석한 결과지였다.

"찬찬히 정독해. 온실 밖으로 나가기 전에 내가 입에 넣고 삼킬 거니까."

마모루가 자신의 목에 손을 대고 말했다.

"삼키지 말고 태우세요. 아, 연기 때문에 안 되나?"

조율의 눈엔 밑줄 그어진 글귀가 들어왔다. 진취적이되 너그러움. 명민하되 유순함. 승부욕이 있되 호전적이지 않음. 최종 커플이 된 이들의 공통 성향은 모순투성이였다. 뒤의 문장도 내내 이런 식이었다. 조율 이마에 주름이 뚜렷하게 잡혔다.

"이게 뭐예요. 앞뒤가 하나도 안 맞잖아요."

목가영이 뒷짐을 지고 답했다.

"하려다 관두고, 관두려다가 하면 된다는 소리야."

글자를 읽다 만 마모루가 대화에 끼어들었다.

"저희는 그냥 아무것도 하지 않다가 선택만 해도 되지 않아요? 최종 선택 때 제가 애를, 애가 저를 고르면 되잖아요."

"그렇게 소극적으로 굴었다간 어마어마한 항의에 시달리게 돼."

"양육비와 후원 물품이 끊기는 건 아니잖아요."

"의심이 쏟아질 거야. 아이가 성인이 되어서도 끝나지 않을 의심. 특전이 없어진 경우가 있어."

조율과 마모루가 서로의 눈을 쳐다봤다.

"이미 사귀고 있던 커플이 여기 나왔다가 발각된 적이 있었거든. 그 사람들은 리부트에서 살 수 없게 됐고 지원도 끝나버렸지."

자신의 아기에게 하나도 빠뜨림 없이 모든 걸 줘야한다는 조화의 당부는 이런 뜻이었다.

"그러니까 여기서 너무 세지도, 너무 약하지도 않게 있으라는 말이네요."

마모루가 콧대를 긁으며 말했다.

"합숙 생활은 단순해. 게임 역시 매번 바뀌니까 다채로운 것 같아도 사실은 엇비슷하지. 지능, 체력, 인성. 모두 이 셋을 알아볼 수 있게 꾸린 거니까. 시청자들은 출연자들의 양육 적합도를 관찰할 수 있어야 하고, 출연자들은 시청자들에게 양육 적합도를 보여줄 수 있어야 해."

목소리에 힘을 완전히 뺀 조율이 물었다.

"카메라는 계속 도나요?"

목가영이 조율의 어깨에 손을 올리고 말했다.

"여덟 시간. 9시부터 6시까지."

"너무 뻔하네요."

"사람들은 뻔한 쇼를 좋아해."

계약서에 서명을 마친 13기 출연진 8명이 숙소에 도착했다. 거실 테이블엔 옷가지가 가지런히 놓여 있었다. 미리 잰 치수에 맞춰 제작된 의상이었다. 상의는 노란색, 하의는 갈색. 꿀벌을 모티프로 디자인한 유니폼은 아동복의 꼴과 별 차이가 없었다. 상의 가슴과 등 부분에는 성별과 번호가 큼지막하게 새겨져 있었다. 몇몇 출연자들이 들고 있던 안내문을 아무 데나 내려 뒀다.

F04, M04. 조율은 여자 4번, 마모루는 남자 4번이었다. 조율 옆에 붙어 선 여자아이가 옷에 인쇄된 글자 F03을 천천히 쓸어내렸다. 8명의 출연진은 촬영을 앞두고 서로의 출신지와 나이를 전부 파악했다. 출연진에 대한 정보를 조금이라도 더 알기 위해 애쓰는 건 시

청자지, 여기 직접 나온 출연진의 몫은 아니었다. 소개 차례가 돌아오자 조율과 마모루는 외우고 있던 가짜 정보를 댔다. 나이와 성별 말고는 모두 허구였다. 8명이 서로를 힐긋힐긋 탐색하는 동안 목가영이 숙소에 들어왔다.

"안내문을 읽어보셨겠지만 방송은 재방송본을 포함해 8개월간 이뤄집니다. 합숙 기간엔 세트장 바깥으로 이동하실 수 없고요. 세트장은 인공지능 피디 벨이 전부 관리합니다. 촬영, 편집, 송출 모두 벨이 지휘해요. 저는 〈허니비〉 구성작가지만 여러분의 매니저라고 생각하시면 더 편할 거예요."

"저녁 언제였더라. 6시 이후였나? 그때부터는 자유죠? 유치하게 그 시간 넘어서까지 찍진 않을 거고. 저희도 지켜야 할 사생활이 있잖아요."

목가영이 말소리가 나는 쪽으로 몸을 돌렸다. 이미 유니폼을 입은 사람이었다. 설레지 않는 척 구는 출연자는 늘 있었다. 그리고 보통 그런 출연자가 〈허니비〉 출연을 가장 고대한 이였다. 목가영이 그를 향해 답했다.

"입고 계신 유니폼 상의, 왼쪽 아랫단을 만져보세요. 조그만 버튼 하나가 달려 있죠? 거길 누르면 마이크가 꺼지고 카메라가 다른 피사체로 이동합니다. 화면에 잡히고 싶지 않은 순간엔 옷 속의 버튼을 티 나지 않게 누르세요. 너무 자주 누르면 안 되겠지만."

목가영은 온실을 포함한 촬영 비활성화 영역에 대해서는 언급하지 않았다. 별다른 주의 사항도 전하지 않았다. 말한다면 그 주위가 매일 북적일 것이다. 그곳들은 제로의 두 아이에게 숨 쉴 틈이 되어야 했다.

"저희가 지정한 이름 대신 본명이나 별명을 부르면 그 부분은 편집됩니다. 친해진 사람이 생겨도 지정한 이름을 부르세요. 공개되지 않아야 할 말, 표정, 행동이야 벨이 보정하겠지만 가능한 한 옷의 단추를 사용하시고요."

출연자들은 목가영의 말이 끝나자마자 자리에서 일어났다.

"아직요. 갖고 계신 테트라를 주셔야죠. 합숙 기간에 쇼를 시청하실 순 없으니까요."

콧잔등을 찌푸린 출연자들이 목가영에게 테트라를

내주었다. 조율과 마모루는 미리 받았던 중고 테트라를 품에서 꺼냈다.

"이제 뭐 하냐. 테트라도 없이 심심하게."

아까 사생활 얘기를 꺼냈던 출연자는 말과 달리 발걸음이 가벼웠다. 목가영은 팔을 일부러 늘어트린 그를 보고 한숨을 쉬었다. 유니폼을 챙긴 출연자들이 금세 뿔뿔이 흩어졌다.

"나랑 같은 방을 쓰겠네. 나는 F03, 너는 F04니까."

소파에 앉아 있던 조율이 급히 고개를 돌렸다.

"안내문 안 읽어봤어? 동성 1번과 2번, 3번과 4번이 룸메이트야."

말을 건 여자아이가 들고 있던 유니폼을 내밀었다. F03이란 이름이 보였다.

"우리 동갑 맞지? 아까 18살이라고 들었는데."

F03의 입매는 뾰족했고 얼굴빛은 창백했다. 딱히 천진하고 쾌활해 보이는 구석이 없었다. 인사 같은 걸 먼저 건넬 만한 유형이 전혀 아닌 것 같았다.

"아, 그래? 근데 너…… 어디서 본 것 같은데."

조율은 여자아이를 닮은 누군가를 떠올리고 있었다. F03은 자신의 아랫입술을 깨물었다. 그는 두 주먹을 꼭 쥐고 조율의 다음 말을 기다렸다. 조율이 손사래를 치며 말했다.

"아니야, 아니야. 반가워. 잘 부탁해."

마리아. 새 모이를 주는 제로 꼭대기의 성모 마리아. 괜한 말이 될 것이다. 처음 보는 사람에게 친한 조각상과 닮았다는 수상쩍은 말을 할 순 없었다. 조율은 맞은편 소파에 앉은 F03에게 짧은 미소를 지어 보였다. 방에 같이 가면 더 불편할 것이다. 종아리부터 목덜미까지 혈관이 잔뜩 오그라들 것 같았다. 숙소 주위를 한 바퀴 돌고 온 마모루가 둘을 보고 멈칫했다.

"저기, 너희 뭐 마실래?"

"아냐. 괜찮아."

조율이 그를 쳐다보지 않고 말했다. 부엌에 들어선 마모루는 주방을 서성였다. 조율은 마모루를 향해 몸을 틀지 않기 위해 주의를 기울여야 했다. 개수대의 흰 얼룩을 본 마모루는 손가락으로 그걸 퍼 올렸다. 누군가 칫솔 위에 짜려다 그대로 떨어트린 치약 덩어리였다. 마모루는 뿌연 수도 파이프를 치약으로 꼼꼼히 문질렀다. 잠시 후 그곳을 물로 닦아내자 파이프가 새 거울처럼 반짝거렸다. 물을 마신 마모루가 헛기침을 했다. 조율은 뒤돌아선 자리에서도 어딘가 어색하고 뻣뻣한 그의 자세를 그릴 수 있었다. 조심, 조심히. 이쪽으로 오지 말고. 조율은 소파 천을 쓰다듬으며 속으로 말했다. 텔레파시가 정말 있다면, 여기 오기 전에 복화술을 배워뒀다면 좋았을 거란 생각이 들었다. 다시 짧은 기침을 한 마모루가 방으로 들어갔다.

"근데 진짜 목 안 말라? 물이라도 마실래?"

F03이 테이블로 가 물잔 두 개를 집으려다 말았다. 그는 M04가 머물다 간 개수대를 유심히 쳐다봤다.

"M04, 아까 걔도 우리랑 동갑이라고 했지?"

조율은 그 말에 고개를 비스듬히 꺾고 전혀 몰랐다는 표정을 지었다.

"음, 일어난 김에 내가 먼저 방에서 옷 갈아입을까?"

F03의 물음에 조율이 고개를 여러 번 끄덕였다.

"그래. 쉬고 있어. 아무래도 아직은 혼자가 편할 테니까."

방문을 잠근 레아는 손에 들린 유니폼을 내려다봤다. F03. 여자 3번. 이제 돌아갈 곳은 없었다. 앞으로 나아가야만 했다. 아빠에겐 응석받이 시늉을 냈을 뿐이다. 레아는 여기서 배우자를 꼭 만날 생각이었다.

"뻔한 쇼잖아. 나가게만 해줘."

〈허니비〉출연진이 신체검사를 받는 곳은 세트장과 멀지 않은 민간 병원이었다. 국립 의료시설보다 해킹이 쉬웠다. 〈허니비〉합격 명단, 클론 등록 정보, 병원 검진 기록. 사이먼이 조작한 자료는 이미 많았다. 되돌릴 수 없는 길을 한참이나 걸었다. 막을 수 있었다면, 레아의 성형 수술부터 막았을 것이다. 배우자와 다투는 대신 그와 함께 레아를 설득했을 것이다. 사이먼이 레아에게 물었다. 이미 답을 알고 있는 질문이었다.

"이렇게까지 해야겠니?"

"응. 해야겠어. 하나밖에 없는 사람들이 **하나밖에 없는 아이**를 만들겠다고 나가는 데야. 어떤 애들인지, 가서 구경해야지."

"구경해서 뭘 어쩌려고."

"선택은 하지 않을 거야. 그럼 문제없잖아. 그깟 쇼

에서 누굴 고르겠어."

사이먼이 등을 돌렸다. 눈에 띄게 들뜬 레아가 낯설었다. 레아는 분노나 환멸에 휩싸인 게 아니었다. 차라리 선망과 동경을 품었다고 보는 게 맞았다. 전신에 힘이 빠진 사이먼은 벽을 짚었다.

레아는 그들 사이에 끼어 있고 싶은 게 틀림없었다. 딸아이는 자신이 클론이라는 사실을 끝내 받아들이지 못하는 클론이었다. 레아는 누구도 아닌 레아였고, 이미 고유한데도 불구하고 더 고유해지길 원했다. 벽에서 손을 뗀 사이먼은 레아를 향해 몸을 돌렸다. 레아가 쇼에 나가는 이유는 명확했다. 자신이 클론이라는 걸 부정하기 위해, 사본 같은 게 아니라는 걸 보여주기 위해. 레아가 책상에 놓인 손거울을 끌어당겼다.

"아빠는 안 바빠? 여기 계속 있게?"

나가라는 말이지 질문이 아니었다. 레아가 턱을 이쪽저쪽 돌릴 때마다 눈에서 비좁고 날카로운 빛이 번득였다. 레아는 쇼를 망칠 생각이 조금도 없었다.

인간을 꾸준히 싫어했다는 건 사실 인간을 꾸준히 좋아했다는 뜻 아닐까. 기대할 게 없다면 아무 감정도 생기지 않을 텐데. 사이먼은 자신이 해로운 이분법을 쓰고 있다는 걸 알았지만, 지금의 레아를 이해하기 위해선 그 앙상한 도식을 가져와야 했다. 실망했다면 관심을 끊게 된다. 실망하면서도 끌릴 때는 강박적인 관심이 생긴 상태다. 위장해도 소용없다. 그런 징표는 바깥으로 전부 드러나니까.

사이먼은 레아의 방에서 급히 나왔다. 실내화를 신었지만 발이 너무 찼다. 문을 닫은 순간 머릿속에 수많은 문장이 떠올랐다. 테트라를 주지 않았어야 했다. 아듀를 기록한 영상을 그만 보라고 말해야 했다. 입양을 결정하고 난 후, 배우자가 한 번 망설였을 때 다시 상의해야 했다. 모든 걸 처음부터 살펴봐야 했다. 사이먼은 장식장에 놓여 있던 보드카와 유리잔을 꺼냈다. 술병을 내려보던 그가 의자에 털썩 앉았다. 그리고 빈 잔을 거꾸로 엎었다.

멈추지 않았기 때문이다. 한 번도 멈추지 않아서다. 하고 싶은 걸 계속하라고, 그래도 된다고 말했다. 레아를 돌려세워야 했을 때마다 입을 다물었다. 그래서 레아를 기르는 일만 해냈지, 잘 길러내는 일은 실패한 것이다.

　첫 촬영일, 13기 출연진 8명은 손을 맞잡고 원을 만들었다. 꿀벌의 춤처럼 숫자 '8'모양이 내내 이어지는 형태였다. 파트너는 계속 바뀌었다. 출연자들은 맞잡은 손의 감각과 풍겨오는 체취를 빠르게 기억해나갔다. 시청자들의 기대와 달리 출연자가 짝을 고르는 계기는 다층적이지도 복합적이지도 않았다. 상대의 매력은 몇 초 만에 발견할 수 있었다. 아이의 양육자가 될 사람이 따로 있는 것도 아니었다. 누군가에게 끌리는 이 순간, 초반에 모든 것이 결정지어졌다. 마모루의 손을 잡은 레아는 단번에 그의 얼굴을 외웠다. 다른 M들은 눈에 들어오지 않았다. 춤을 마친 출연자들은 야외 식당에 들어섰다. 첫 끼니는 그들 스스로 만들어 먹어야 했다.

　"M04. 리부트에서 왔다고 했었나? 거기선 딱히 음식 만들 일이 없었을 텐데."

　"아, 난 메트로에서 왔어. 요리는 간단한 것밖에 못해."

가지에 소금과 후추를 뿌리는 마모루 곁에 여자 출연자들이 하나둘 붙어섰다. 마모루는 묽은 밀가루 반죽을 만들고 꽈리고추를 다듬었다. 남자 출연자들이 멀리서 그곳을 기웃거렸다. 수타면을 만들 수 있다고 했던 M02가 한 시간 만에 손을 씻고 난 후였다.

"아이 돈 노 와이, 왜 안 되는지 진짜 모르겠어."

M02가 도마에 내팽개친 덩어리는 어디에도 쓸 수 없이 엉망이 된 반죽이었다. 마모루는 가지를 튀기는 동안 거기 곁들일 양념을 함께 만들었다. 파, 마늘, 식초, 간장, 설탕, 두반장. 주재료는 얼마 되지 않았지만 냉장고와 선반엔 양념거리가 꽤 많았다. 가지를 건져낸 마모루가 씻어뒀던 꽈리고추로 손을 뻗었다. 재료의 물기를 꼼꼼히 닦아낸 마모루는 포크로 표면을 쿡쿡 눌렀다. 강한 불에 볶아낸 고추 위엔 가볍게 소금만쳤다.

테이블에 자리를 잡은 출연자들은 마모루가 만든 음식을 멀뚱멀뚱 구경했다. 가지와 고추뿐이라 먹을 게 없어 보였다.

"말도 안 돼. 너무 맛있잖아."

가지를 한입 베어문 레아가 소리쳤다.

"다들 얼른 먹어봐. 가지즙이 뜨거울 때. M04, 이런 걸 어떻게 만들었어?"

마모루가 말없이 자기 손등을 쓸어내렸다. 팔뚝의 잔털이 모두 솟아나 있었다.

"와, 이게 무슨 일이야. 꽈리고추도 정말 향긋해."

야외 식당 신은 허니비 13기가 등장한 후로 시청률이 가장 높았다. 식사 장면은 기본적으로 순간 시청률이 높았고 마모루가 의도치 않게 자아낸 반전이 시청자들의 관심을 더 끌었다.

"아까 M02 봤어? 표정 가관이던데."

방에 들어온 레아가 웃음을 머금고 말했다.

"반죽 돌리면서 왜 치골을 계속 내보여? 그런 자신감은 어디서 나오는 거야?"

"치대느라 팔이 좀 아프겠더라."

"소매는 왜 어깨까지 올리는 건데? 그럴 거면 아예 옷을 벗지."

레아가 M02의 몸짓을 과장해 흉내냈다.

"여기 나올 거면 요리 연습을 좀 더 하라고. 덮어놓

고 덤벨만 들었나봐. 수타면이라니 차라리 마술을 배우지."

조율이 웃음을 참지 못하고 침대에 쓰러졌다.

"이 프로그램 진짜 별로지 않아? 아무리 무작위 추첨이라도 이게 뭐야."

레아가 침대에 기대 말했다. 조율이 F03의 뒤통수를 가만히 쳐다봤다. 자신처럼 〈허니비〉를 좋아하지 않는 아이를 만나게 되어 다행이었다. 최소한 우스운 걸 함께 우스워할 수 있어 안심이었다.

"M04가 나서줘서 다행이지. M02가 만든 면은 익지도 않았을 거다. 먹었으면 바로 체했어."

숙소에 불이 꺼지고 나서야 조율은 자신의 입꼬리가 계속 올라가 있었다는 걸 깨달았다. 매트리스가 두툼한 침대에 누워 있는 동안 제로 생각을 단 한 번도 하지 않았다는 사실도.

이불을 코끝까지 끌어올린 조율은 제로를 나올 때 오에게 하지 못한 질문을 떠올렸다. 다시 안 봐도 돼? 여길 영영 떠나도 괜찮아? 내가 옆에 있든 없든 아무 상관이 없어? 일기장 얘기까지 꺼내면 오가 이렇게 대답할 것 같았다. 다시 안 봐도 된다고, 떠나도 괜찮다고, 상관없다고. 조율은 두 손을 펼쳐 넓은 침대를 쓸어보았다. 옆엔 아무도 없었다. 하지만 침대 끝에는 오, 조화, 조화가 낳을 낯모를 아기가 내내 어른거렸다.

"출연진 전원은 지금 수목원 입구로 모여주세요. 오늘은 산책 시간을 갖습니다."

세트장은 크고 작은 벌집 모양으로 구획되어 있었다. 수목원 역시 벌집 모양이었다.

"우리 참 바쁘다. 진짜 일벌이라도 된 것 같아."

"산책도 말만 산책일 것 같은데?"

"그러게, 정신 차려야지. 무슨 게임을 할 줄 알고."

옷 속의 버튼을 다시 누른 출연자들이 활짝 웃었다. 여덟 명은 육각형 산책로를 따라 발을 뻗었다. 행렬 끝의 레아는 F04와 M04의 뒷모습을 내내 쳐다봤다. 둘은 거리를 두고 걷고 있었지만, 보폭과 동세가 묘하게 비슷했다.

"아, 방금 뭐지?"

출연자들의 머리맡으로 뭔가가 지나갔다. 홀로그램

으로 만든 동고비들이었다. 조율은 나뭇가지에 앉은 가짜 동고비들을 하나하나 눈에 담았다. 제로의 새들보다 진짜 같은 생김새였다. 이곳의 새들에게 없는 건 그림자 하나였다. 한동안 출연진 근처에 머물던 동고비들이 전부 사라졌다. 30초 후 아까와 비슷한 홀로그램이 나타났다.

"오늘의 게임은 다른 그림 찾기입니다. 아까와 지금 새들의 마릿수 차이를 말해주세요."

조율과 마모루는 산 새들의 숫자를 모두 알고 있었다. 그들의 형질과 특색도 댈 수 있었다. 마모루가 조율을 보며 턱을 들어올렸다. 정답을 맞히라는 뜻이었다. 얼떨결에 손을 든 조율이 중얼거렸다.

"처음엔 아홉 마리, 두 번째는 열두 마리."

벨이 조율의 상반신을 렌즈에 담았다.

"F04, 정답입니다."

출연자들이 일제히 조율을 돌아봤다. 옷 속 버튼을 누른 M03이 물었다.

"우리가 개도 아니고 무슨 동체 시력 테스트야? 이게 양육이랑 무슨 상관이 있다고?"

레아 역시 옷 속 버튼을 누른 뒤 조율 앞에 다가가
물었다.

"너 어떻게 맞춘 거야?"

"아, 책에서 본 새들이야. 도감에 다 나오잖아."

조율은 답을 짧게 뭉뚱그렸다. 그렇게 말하자 제로
의 새들이 책장 안으로 날아가 앉는 듯했다. 생기도 활
기도 없이 자리에 박제된 새들이 조율의 머릿속에 희
뿌옇게 그려졌다.

"뭐든 잘 외우나보네. 난 동물이고 식물이고 별 관심
이 없어서."

레아가 조율 앞에 더 가까이 붙었다.

"M03 말은 신경 쓰지 마. 이건 동체 시력을 시험하
는 게 아니니까. 아마 차이에 얼마나 민감한지, 차이를
얼마나 빨리 찾는지 알아보려는 걸 거야. 아기를 기를
때 가장 중요한 건 발견이니까."

조율이 눈을 껌뻑이며 말했다.

"인내와 일관성 아닐까. 내 생각에 아이를 기르는 데
중요한 건 이 둘 같은데."

"그것도 중요해. 하지만 관찰이 시작이지. 그래서 이

런 게임을 벌이는 거고."

조율이 F03 옆으로 자리를 옮겼다. F03의 뜨거운 시선을 피하고 싶었다. 갑자기 수목원 천장에서 음성이 울려퍼졌다.

"승자는 데이트 상대를 택해주세요. F04, M 중에 몇 번을 고르시겠어요?"

조율은 남자 출연자들을 제대로 살펴볼 수 없었다. 이렇게 긴장된 상태로는 마모루를 고르기 어려웠다. 연기는 어설프고 동작은 딱딱할 것이다. 조율은 하품을 참고 있던 M01을 가리켰다.

"왜 나를 안 골랐어? 좋은 기회였는데."

호숫가 방갈로 문을 닫은 마모루가 말했다.

"마주 보면 웃음을 참을 수 있겠어? 아직 각오가 더 필요해."

"각오? 그냥 해야지, 무슨 각오. 웃음이 터지면 둘이 어색해서 그런가보다 하겠지."

"바로 가까워지면 이상할 거야. 결말까지 적당히 혼선을 줘야지. 그러니까 서서히 가는 게 맞아."

"모르겠다. 나는 그냥 네가 마음에 든다고 할 건데."

"서서히 갈게. 너도 서서히 와. 데이트는 슬슬 시작해도 돼."

마모루가 통나무 벽에 머리를 기댔다. 실내는 어둑하고 사방에선 젖은 낙엽 냄새가 났다. 팔을 뻗어 방갈로의 창틀을 쓸어보던 마모루가 나지막이 말했다.

"조율, 나 물어볼 게 있어."

"왜 무게를 잡고 그래? 안 어울리게."

무심히 마모루를 올려보던 조율이 그의 눈에서 코로, 코에서 턱으로 시선을 옮겼다. 답하기 어려운 질문이 찾아올 것 같았다. 그런 순간은 언제나 불시에 들이닥쳤다.

"우리가 여기서 처음 만났다면 어땠을까?"

마모루가 묻고 싶은 건 아직 더 있었다.

"네가 나를 골랐을까?"

"내가 너를 왜 골라?"

조율이 곧바로 대꾸했다. 그리고 마모루처럼 통나무 벽에 머리를 기댄 채 헛웃음을 지었다. 마모루는 따라 웃지 않았다.

"다시 물을게. 누나 부탁이 없었대도, 그런 약속을 안 했대도 너는 나를 골랐을까?"

"부탁 때문이지. 부탁이 없었다면 애초에 여기까지 왜 왔겠어?"

"누나 때문에 나를 고르는 거지, 나 때문에 나를 고르는 건 아니다. 맞니?"

"당연한 걸 왜 물어."

마모루가 다시 창틀에 팔을 올렸다. 조율은 숨을 죽이고 마모루의 손을 쳐다봤다. 인공 달빛에 비친 그의 손가락 둘레가 푸르게 빛났다. 손등 위로는 자신보다 훨씬 굵은 정맥이 드러나 있었다. 조율은 고개를 돌리려다 말았다. 이곳에서 뭔가를 봐야 한다면 손이 적당할 것 같았다. 애써 다른 사물을 보는 게 더 부자연스러울 듯했다.

"누나 아기를 안 길러도 된다면 우린 어떻게 되는 거야? 누나 마음이 바뀌거나 오의 생각이 달라진다면?"

조율이 통나무 벽을 살짝 쳤다. 한가한 상상에 빠진 마모루에겐 이런 신호가 필요했다.

"말이 되는 소릴 해. 여기 온 이유를 잊었어? 제로에 있다가 여기 오니까 다 놔버리고 싶어진 거야? 무슨 바람이 들었는지는 모르겠는데 정신 차려. 이건 언니 인생, 아니, 언니와 아기와 엄마까지 셋의 인생이 걸린 일이야."

마모루는 대답이 없었다.

"못 알아들어? 조화, 아기, 오. 셋의 인생이라고."

마모루가 조율의 두 눈을 바라보며 물었다.

"우리 둘은? 둘은 셋보다 중요하지 않아?"

"그걸 왜 지금 물어? 세트장에 들어온 이상 우리 둘이 뭐가 중요해?"

조율은 서둘러 답했다. 생각 같은 걸 할 틈이 없었다. 시간이 조금만 더 지나면 분위기가 탁해질 것 같았다. 우리 둘. 마모루가 꺼낸 우리 둘, 이란 두 음절이 무슨 의미인지 자세히 알고 싶지 않았다. 안다 해도 묻고 싶지 않았다.

"여기 오자고 부추긴 건 마모루, 너잖아."

조율은 눈을 감고 입술을 안으로 말았다. 가파른 지하 계단, 깊은 굴, 냉동 수면에서 깨어난 아기, 울음소리, 성난 제로 사람들, 혼이 나간 언니, 말이 없는 오,

제로에서 쫓겨나는 가족들.

고개를 젓던 조율이 눈을 떴다. 말 그대로 쇼에 들어온 이상 끝이었다. 육각형 밖으로 물러설 데는 한 뼘도 없었다. 자신은 마모루를, 마모루는 자신을 선택해야 했다. 잠자코 말이다. 하지만 마모루가 하지 않은 말이 귓가에 계속 들려왔다. 누나 부탁을 들어준 이유를 아직 모르겠어? 그따위 부탁을 왜 들어줬는지 몰라? 난 제로에서 너와 나오고 싶었어. 너와 멀리 도망치고 싶었어. 우리가 같이 살 수만 있다면 다 괜찮다고 생각했어. 그래서 그 기회를 잡은 거야. 난 네가…….

"마모루. F03이랑 데이트를 해. 나는 다음에 M03과 할게."

"정해줄 필요 없어. 나도 내 방식대로 알아서 할게."

마모루가 방갈로 문을 열고 먼저 나섰다.

"오늘의 게임은 짝 피구입니다. 출연자 전원은 지금 바닷가 백사장으로 나와주세요."

추첨 통에서 쪽지를 뽑아든 출연자들이 파트너 옆에 붙어 섰다.

"여자 출연자가 앞에, 남자 출연자가 뒤에 서면 됩니다."

공이 날아오자 남자 출연자들이 몸을 한껏 웅크렸다. 모래알이 튈 때마다 웃음소리도 함께 튀어나왔다.

"마이 볼, 마이 볼."

모두 생기가 넘쳤다. 벨은 출연진들의 몸을 구석구석 렌즈에 담았다. 시청자의 상당수는 어깨와 허벅지 근육이 발달한 남자 출연자, 가슴과 골반이 큰 여자 출연자를 눈여겨보았다.

"헤이, 마이 볼. 내 거라고. 우리 공."

M02가 경기를 주도했다. 그는 요리를 못하고 허풍이 있는데다 다소 산만했지만, 운동 신경이 나쁘지 않았다. M02는 자신이 리부트에서 왔다는 사실을 자연스럽게 드러냈고 남자 출연자 중 판단력이 가장 뛰어났다. 회차가 이어질수록 M02의 인기는 부쩍 높아지고 있었다. 호루라기 소리가 울리자 M02가 F01의 어깨에 팔을 둘렀다. F01은 여자 출연자 중 가장 말수가 적었다. F01은 M02의 손등을 힐긋 쳐다보았다.

"돈 비 샤이."

쉬는 시간 동안 M02는 그 자세로 다음 전략에 대해 떠들었다. M02의 말이 끝나자 F01이 옷 속 버튼을 세게 누르고 소리쳤다.

"내 어깨에 팔 올리지 말라고 두 번이나 말했어. 두낫 터치 마이 숄더, 아이 톨 쥬 트와이스."

"캄 다운, 베이비."

"공은 내가 알아서 피하고 있으니까 그만 소리쳐. 귀가 아파. 시끄럽다고. 돈 옐."

"미안, 미안. F01."

쉬는 시간이 끝나기 전, 목가영이 그들 쪽으로 걸어갔다.

"무슨 문제라도 있어요?"

문제가 있다는 걸 알지만 최대한 가볍게 물어야 했다.

"M02. 자리 좀 비켜줘. 나 가영이랑 얘기할래."

M02가 물러서지 않고 이온 음료를 벌컥벌컥 마셨다. 목가영은 둘 사이에 발을 밀어넣었다. M02는 옷속 버튼이 잘 눌러져 있는지 확인한 후 입가를 닦고 소리쳤다.

"알겠어. 화 풀어. 네버 마인드. 제발, 플리즈."

M02가 실실 웃으며 뛰어가자 F01이 목가영 앞에 붙어섰다.

"저 자식, 이미지 관리하려고 나를 좋아하는 척해요. 누가 모를 줄 아나. 카메라 꺼지면 하는 짓 좀 봐요. 알고 있죠? M02는 밤마다 다른 애랑 몰래 숙소를 빠져나간다고요."

목가영은 저린 손목을 주물렀다. 뻔한 답이 필요한 뻔한 문제였다.

"F01의 기분은 충분히 이해해요. 그렇지만 여기 온 목적은 연애가 아니잖아요. 아이를 같이 만들고 길러나갈 배우자를 만나는 거지. 그게 사랑보다 중요한 거 아니었어요? F01에게 찾아올 아이, 선물 같을 허니비에 집중해봐요."

F01이 목을 젖히고 끝도 없이 높은 세트장 천장을 쳐다봤다.

"알아요. 그래도 저 자식 아이를 낳을 바에는 혼자가 낫지."

얼마 뒤 피구 경기가 끝났다. F01과 M02 팀의 완승이었다. 양팔을 높이 쳐들고 백사장을 달리는 M02의 모습 뒤로 중간 광고가 이어졌다.

피구 경기를 지켜본 낸시는 〈허니비〉의 이전 회차를 재생시켰다. 어느 순간부터 한 명이 신경 쓰여서였다. 인기가 많은 M02에게 중간 선택을 받은 F01이었다. F01은 선택을 받고 기뻐했지만, 낸시가 보기에 그건 정말 기뻐하는 기색이 아니었다. 미간에 짧지만 분명한 주름이 잡혔다 사라졌다. 앞으로의 나날이 불길할 때 비어져나오는, 숨기기 어려운 수심이 빠르게 지나간 것이다. 낸시는 F01이 내비치는 표정을 잘 알았다. 카메라 렌즈를 거부할 권리가 없을 때, 감정적으로 수세에 몰렸을 때 나오는 얼빠진 미소. 희미하고도 둔한 그 웃음.

M02는 F01과 끝까지 이어질 생각이 없었다. 인기를 의식한 얄팍한 연기였다. 매 순간 낙천적으로 보이는 M02에겐 영악한 데가 있었다.

"돈 츄 띵크? 나는 한 사람을 구성하는 요소에 수많은 것이 있다고 생각해. 메이비 우주와도 같이. 아이

저스트 세이, 외모보다 가치관이 중요하다고 믿어.”

입을 뗄 때마다 영어를 반 이상 쓰는 M02는 가끔 이상할 정도로 매끄러운 한국어를 구사했다. 단순하지 않은 문장이 영 어색했다. 아마 어디서 배웠거나 외운 말일 것이다. 흠잡을 데 없이 올바른 신념도 M02의 진짜 생각이 아닌 듯했다. M02는 진작에 판단이 끝났는데도 판단을 유보하는 척했다. 확실한 건 그의 고백에 당황한 F01의 모습이었다. 자신만큼은 그 기미를 알아챌 수 있었다. 낸시는 화면 안을 빙빙 도는 꿀벌 여덟 마리에게서 시선을 떼고 일어났다. 서재에 들어선 낸시가 의자에 앉아 모니터를 켰다.

〈허니비〉 2기의 F01이었던 낸시는 출연을 결심했던 순간을 매일 후회했다. 양봉꾼들의 훈수는 상상을 초월했다. 대모와 대부들의 간섭도 짐작 이상이었다. 그들의 지적은 사소한 듯 저열했고 저열한 듯 사소했다. 무시했던 훈계가 몇 주씩이나 떠오른 적도 많았다. 아이를 낳아 기르는 건 자신이지만, 자신이 엄마는 아닌 것 같았다. 양봉꾼들 그리고 대모와 대부들은 아기가 자라나는 과정에 지나치게 관심이 많았다. 애정과 질투를 간단히 분리하기도 힘들었다. 그들의 불만은 앞뒤가 맞지 않았다. 어제는 지원이 넘친다고 했다가, 오늘은 지원이 터무니없이 모자란다고 떠들었다.

—벽지가 올리브색인데 좀 어둡지 않아요? 성장기 아이에겐 밝은색이 더 나을 텐데.

—아이 턱에 부스럼이 있어요. 영양가 있는 식품을 먹이고 있는지 궁금합니다.

—어렸을 때 코가 지금 코보다 오똑해요. 이상하네요. 콧대는 자랄수록 높아져야 하지 않나요?

〈허니비〉 공식 사이트엔 아이들의 성장 과정이 매주 올라왔다. 휴재는 불가했다. 양육 일지를 올리는 일을 멋대로 멈출 순 없었다. 아이의 사진과 영상은 일주일에 한 번씩 등록해야 했다. 10장 이상의 사진, 10분 이상의 영상. 데이터가 조금이라도 늦게 등록되면 거센 항의가 따랐다. '우리는 네 아이를 사랑한다'는 메시지는 자주 협박과 폭언의 형태로 찾아왔다. 너는 우리에게 희망을 보여줄 의무가 있다. 선택을 받았으면 그에 따른 보상을 해라. 모든 참견에 내포된 말이었다. 낸시가 아이의 모습을 한 주 올리지 못했을 때는 전화와 우편물이 끊이지 않았다. 집 앞엔 낯선 사람들이 서성였다. 몸이 심하게 안 좋아 한 주만 쉬겠다는 양해의 글을 올렸는데도 말이다.

〈허니비〉에서 만난 짝, M03은 결혼 후 완전히 다른 사람이 된 것 같았다. 그는 쇼 종영 직후 요리와 청소를 비롯한 가사노동에서 일절 손을 뗐다. 양육은 말할 것도 없었다. 하지만 시청자들은 그와 이혼한 자신을 비난했고, 방송사는 양육 특전을 회수해갔다. 집을 제공해준 건설회사에서도 연락이 왔다. 리부트의 휴양림 안 저택 단지에서 살던 낸시는 메트로의 낡은 아파트로 돌아와야 했다.

낸시는 2기 카테고리 항목에서 그가 가장 처음 올린 게시물을 클릭했다. 침상에서 **갓난아이**를 안고 웃는 자신의 모습이 낯설기만 했다. 얼굴이 퉁퉁 부었는데도 표정은 환했다. 해가 잘 드는 창가 아래 아이와 자신, 둘의 상반신은 꼭 꿀병에 잠긴 것 같았다.

아이가 예전에 쓰던 나무 의자를 찾아온 낸시는 거기 올라섰다. 그리고 서재 꼭대기에 올려둔 상자로 손을 뻗었다. 상자 속엔 분유 통이 있었다. 통엔 몰래 넣어둔 담배가 있었다. 낸시는 담배 한 개비를 조심히 쥐었다. 해가 저문 저녁이었다. 옥상에 올라가 쪼그려 앉으면 눈에 띄지 않을 것이다.

현관문을 열던 낸시가 뒷걸음질쳤다. 문 앞에 선물이 또 그득히 쌓여 있었다. 지난주보다 많은 양이었다. 아이의 벌이는 여전히 어마어마했다. 아이는 세 개의 에코 용품 광고 모델이기도 했다. 상자를 뜯어 내용물을 종류별로 정리해두는 건 늘 낸시였다. 아이는 선물만 훑어봤다. 손 편지는 읽지도 않았다. 대부분 대모와 대부들 그리고 양봉꾼들이 써준 팬레터였지만 테트라를 구하는 게 쉽지 않았을, 게토의 노인들이 비뚤배뚤 써준 편지도 드문드문 섞여 있었다. 낸시는 신발장 안, 먼지 낀 운동화 안에 담배를 넣고 돌아섰다. 선물 상자를 다 여는 데 19분, 촬영 장비를 설치하는 데는 6분이 걸렸다. 아이의 방문 앞에 선 낸시는 헛기침 소리를 냈다. 아이에게 건넬 말은 정해져 있었다.

"정리 끝났는데 나와줄래? 영상 오늘 올려야 해."

방에서 나온 아이가 발치 끝 선물에 걸려 휘청였다. 아이는 곧장 인상을 썼다.

"이제 전원 누른다."

낸시는 아이의 이마에 입술을 갖다댔다. 아이가 두 팔을 벌려 낸시를 끌어안았다. 온기는 전혀 없었다. 낸시에게서 떨어진 아이는 입을 벌린 채 포장을 하나둘 뜯어냈다. 촬영을 위해 뜯지 않은 몇 개의 상자였다.

"와, 보내주신 선물들요. 아까부터 열었는데 끝이 안 나요."

카메라 뒤로 빠진 낸시가 양쪽 검지를 세워 입꼬리에 갖다댔다. 더 밝게 웃으라는 표시였다.

"아, 이거 필요했던 건데 어떻게 아셨어요? 진짜 가족보다 더 가족 같아. 앞으로 잘 쓸게요. 감사합니다."

촬영이 끝나자 둘은 말이 없었다. 아이가 허공에 손을 휘저었다. 이제부터 조용히 각자 있자는 뜻이었다.

옥상 구석에 숨어 앉아 담배를 거의 다 피웠을 때쯤 테트라에서 소리가 울렸다. 자신의 다음 기수인 3기에서 최종 커플이 된 F04, 인도 여자 라나였다. 목가영은 F04가 당신의 연락처를 묻는데 알려줘도 되느냐고 물었다. F01의 팬이라고 그리고 동갑이라고. 알고 지내도 괜찮지 않을까. 〈허니비〉 출연 전후로 생긴 고충과 애환을 나눌 겸. 낸시는 그때의 판단 역시 후회했다.

라나가 무슨 일이 있는 거냐고, 왜 기운이 없냐고 물었다. 낸시는 아이가 말을 잘 듣지 않는다고 짧게 답했다.

"아이야 다들 그럴 때가 있는 법이지. 너무 신경 쓰지 마."

"라나, 넌 아이를 기르면서 울적한 적이 없었니?"

"난 정말 감사해. 감사드릴 게 너무 많지. 생각해봐. 다들 우리 아이를 **신의 아이**처럼 아끼고 있잖아. 안 그래?"

아이를 모범적으로 양육하고 있는 라나와는 딱히 이어갈 말이 없었다.

"이렇게 풍족한 환경이라니, 늘 놀라워. 아, 물론 네가 여기 없는 건 무척 아쉽지만."

역시 대열에서 이탈해버린 내가 잘못한 걸까. 나만 꼬인 걸까. 우울증이나 대인기피증에 시달리는 게 나 하나인가.

그럴 리 없었다. 자신처럼 아이도 사회적 자아와 실

제 자아가 분열된 상태였다. 문제가 겉으로 드러나지 않았을 뿐이다. 얼마 전 만난 상담사는 아이의 그림을 보고 따스하게 웃었다. 하지만 먼저 일어난 아이가 맞은편 휴게실로 갔을 때 그가 찻잔을 만지작거리며 말했다.

"조심스럽게 말씀드리지만, 이 그림은 아무래도 외워서 그린 것 같아요. 치료를 피하려고 도식적인 이미지를 암기한 것 같습니다. 테스트 문항과 예시 답안은 공개된 게 적지 않으니까요."

"그럴 리가요."

아이가 그럴 수 있을 거란 짐작을 하면서도 낸시는 놀라는 시늉을 했다.

"이 부분을 보세요. 가운데 나무들은 잎이 풍성한데, 먼 곳의 나무들은 잎 없이 비쩍 말랐죠. 똑같은 모양으로 그리는 게 더 자연스럽고 쉬웠을 텐데 그렇게 하지 않았어요. 아이는 마른 가지들을 의외로 공들여 그렸어요."

낸시는 그림 가까이 몸을 숙였다. 사나운 선이 거기 분명히 있었다.

"확실한 건 정밀히 검사해봐야 알겠지만 선택적 함구증이 의심되는데요. 아이와 하루에 어느 정도 대화를 하세요?"

대화. 대화랄 게 없었다. 두 마디 이상의 말은 노출과 전시를 위해서만 쓰였다. 낸시는 대화가 없다고 대답하는 대신 다른 질문을 꺼냈다.

"그게 제가 재혼을 하고 나서 생긴 변화일까요?"

"그 문제는 자녀분께 충분히 설명하셨다고 들었어요. 기록을 보면 아이도 잘 수긍한 상태이고요. 그렇진 않을 거예요."

낸시는 통로 맞은편의 아이를 쳐다보았다. 테트라로 게임을 하는 아이는 고개를 들지 않았다. 입술에 힘을 잔뜩 준 채 화면을 내려다보는 아이는 대모와 대부의 말처럼 훌륭하지도, 근사하지도 않았다. 상담사가 목소리를 낮추고 물었다.

"〈허니비〉에 매주 성장기를 올리는 일이 힘드세요? 아이든 어머님이든 부작용에 시달리시진 않고요?"

"전혀요. 하나도 힘들지 않아요."

〈허니비〉에 대한 사적인 의견은 누구에게도 표출할

수 없었다. 발설 시 물어야 할 금액이 상당했다. 계약서 문항은 전혀 형식적이지 않았다.

"내 덕에 사는 주제에."

아이가 이런 혼잣말을 했다고 누구에게도 고백할 수 없었다. 낸시는 입 밖으로 절대 꺼낼 수 없는 말을 머릿속으로 되뇌었다. 클론이 나았어. 클론과 함께 살면 좋았을걸.

집에 돌아온 낸시의 배우자는 거실의 테트라 화면에서 눈을 떼지 못했다.

"얘기를 깊숙이 나눠본 사람은 거의 없어요. 눈에 띄는 사람이요? 한 명 있긴 해요."

눈과 코의 형태가 꽤 달라져 있었지만, 표정과 목소리는 예전과 똑같았다. 인터뷰에 응하고 있는 사람은 레아였다. 화장실 문을 걸어 잠근 그는 한동안 욕조 턱에 우두커니 앉아 있었다.

레아가 왜 F03이 되었을까. 어쩌다 그 지경까지 간 거야. 내가 말리지 못했다면 너는 말렸어야지. 그는 사이먼에게 고함을 지르고 싶었다. 하지만 그게 다 무슨 소용일까. 이제 와 무슨 의미인데. 화를 내고 화를 받아내는 일 따위 더 반복하기 싫었다. 다시는 사이먼을 만나지 않을 것이다.

인공 태양빛이 점점 가늘어졌다. 진흙밭에서 상대를 선 밖으로 밀어내는 게임은 체력 소모가 극심했다. M02와 M03의 대치가 길어졌다.

"오늘 안에 끝나긴 하는 거야?"

"대충하지 왜 저렇게 질질 끌어?"

옷 속 버튼을 누른 출연자들이 기대에 찬 표정을 그대로 유지한 채 말했다. 튀는 입 모양은 어차피 벨이 바꿀 것이다.

"어, 게임 끝났다!"

M03의 일격에 M02가 선 바깥으로 나뒹굴었다. M02가 붉어진 얼굴로 콧구멍을 벌렁거렸다. M02는 악수를 청하는 M03에게 손을 내미는 대신 그의 어깨를 툭툭 두드렸다. 지고도 봐줬다는 식의 몸짓이었다. 선베드에 앉아 있던 출연자들이 M02의 꼴을 보고 피식거렸다. 이미 게임에서 눈을 뗀 지 오래인 레아는 마모루와 조율을 번갈아 쳐다보는 중이었다. 버튼을 누

른 레아가 그들 곁에 다가가 허리를 숙이고 물었다.

"전부터 느꼈는데 너희는 왜 그렇게 닮았어?"

마모루가 다급히 손을 휘젓고는 옷 속 버튼을 눌렀다. 조율도 곧바로 버튼을 찾아 눌렀다.

"에이, 그게 무슨 소리야?"

마모루의 목소리는 듣기 거북할 정도로 떨렸다.

"진짜야. 웃을 때랑 찡그릴 때 접히는 주름이 똑같아."

그 말에 조율이 마모루의 어깨를 짚고 그의 얼굴을 가까이 들여다봤다.

"그런가? 우리가 비슷하게 생겼나? 어디…… 눈매가?"

마모루가 입을 다물었다. 조율의 눈에 장난기가 전혀 없었다. 조율은 쉬지 않고 말했다.

"얘랑 내가 남매 같아? 그럼 난 숨겨진 누나야? 동생이야?"

자세를 바로 한 레아가 유니폼을 털며 말했다.

"그냥 느낌이 그렇다고."

마모루는 눈을 껌벅이다 레아를 따라나섰다.

"저기, F03. 우리 내일 같이 산책할래?"

자리에 우뚝 멈춰선 레아가 고개를 끄덕였다. 뒤돌아선 마모루가 조율을 향해 손을 흔들었다. 밝은 손짓과 달리 입매가 한껏 굳어 있었다. 자신 역시 조심하고 있다는 뜻, 너처럼 노선에 변화를 주고 있다는 뜻이었다. 조율은 손날을 들어 눈두덩이를 가렸다. 햇빛이 마모루의 전신을 감싸 눈이 부셨다. 목부터 종아리까지 섬세하게 자리 잡은 근육과 탄탄한 피부 그리고 생기 가득한 눈빛. 가까이 있을 때는 안 보였지만, 멀리서는 잘 보였다. M04, 마모루에게 데이트를 신청하는 출연자들이 하나둘 늘고 있었다.

산책은 한 시간 가까이 이어졌다. 벌집 모양 분수대를 발견한 레아가 마모루의 옷깃을 잡아끌었다. 분수대 가장자리는 썩 편해 보이지 않는 대리석으로 만들어져 있었다. 레아가 자리에 앉자 마모루가 옆에 적당한 간격을 두고 앉았다. 마모루가 대리석 표면을 매만지며 물었다.

"다리 아픈가보네. 우리가 오래 걸었지?"

"근데 재밌었어. 나만 재밌었나?"

마모루가 곧장 고개를 가로저었다. 레아가 양 손바닥을 대리석에 붙이고 말했다.

"좋아하는 사람이 있는 건 이미 알아. 내가 아닌 것도 잘 알고. 그런데 상관없어."

말을 마친 레아가 두 손으로 자신의 허벅지를 몇 번 쓸었다.

"말은 자신 있게 했는데 손에서 땀이 나네."

머뭇거리던 마모루가 간신히 할 말을 정했다. 아무래도 자신이 F04를 계속 좋아한다고 여기게 하는 게 나을 것 같았다. 정해진 경로가 일찍 드러나는 것뿐이다. 조율이 다른 출연자들과 데이트를 할 테니 노선이 너무 매끄러워 보이진 않을 것이다.

"내가 그렇게 티가 나?"

"응. 그렇게 쳐다보는데 티가 안 나겠어?"

마모루가 손목을 털었다. 되도록 심드렁한 기색으로 대꾸해야 했다.

"역시 숨긴다고 숨길 수가 없었네. 근데 다 아는데도 상관없단 말은 뭐야?"

"나도 노력할 거니까. 네가 날 보도록. 조금씩 보도록."

마모루가 멍한 얼굴로 한숨을 쉬었다.

"나는 이미 마음을 굳혔어. 그러니까 노력하지 말고 다른 애들한테 가봐."

"볼 것도 없는데 뭐. 마음은 너만 굳힌 게 아니야."

마모루는 여기서 적당히 지낼 생각이었다. 너무 조용하지도, 너무 시끄럽지도 않게 있다가 최종 선택 때 조율을 고르면 계획대로 일이 끝난다. 여자 출연자들이 자신에게 관심을 가질 줄은 전혀 예상하지 못했다. 그중에서도 F03의 접근은 더 뜻밖이었다. F03은 냉랭해 보였지만 심약했고 빈틈없어 보였지만 허술했다. 절대 이런 쇼에 나올 것 같지 않은, 매력적인 여자아이였다. F03을 흘깃거리던 마모루가 인상을 썼다.

"너 혀 다친 거 아니야? 왜 그래?"

레아가 손으로 입을 가렸다.

"아, 이거 예전에 피어싱한 자리야."

얼굴이 붉어진 레아는 몸을 뒤로 뺐다. M04가 자신을 뚫어지게 쳐다보자 입술 근육이 멋대로 떨렸다.

"조심해!"

마모루가 F03의 손을 꽉 잡았다. F03이 가까스로 중심을 잡자마자 분수대에서 물이 뿜어져나왔다. 물벼락을 맞은 둘은 웃음을 터뜨렸다. 물줄기가 끝없이 쏟아졌다. 마모루는 F03의 손을 언제 놓아야 할지 몰라 계속 잡고 있었다. 레아도 그 손을 놓지 않았다.

벨은 F03과 M04의 분수대 장면을 최대한 화사하게 편집했다. 채도와 조명값이 실제보다 센 수치로 들어갔다. 물에 흠뻑 젖은 출연자들이 손을 잡고 웃는 신은 시청률이 높을 수밖에 없었다.

샤워실 바깥으로 허밍 소리가 새어나왔다. F03이 좋아하는 사람이 누군지는 출연자 모두가 알고 있었다. 룸메이트인 조율은 그 기색을 가장 먼저 알아차렸다. 씻고 나온 레아의 얼굴이 상기되어 있었다.

"벌써 누운 거야?"

조율은 F03의 목소리가 입소 첫날과 달리 크고 분명해졌다는 걸 깨달았다. 조율은 F03이 꾸는 꿈이 얼마나 부질없는지 가늠할 수 없었다. 꿈을 꾸지 말라고 귀

떰해줄 수도 없었다. F03이 다가오자 조율이 벽 쪽으로 몸을 돌렸다.

"F04. 혹시 너도 M04가 좋아?"

F03의 물음에 조율이 벌떡 일어나 답했다.

"아니, 관심 없는데."

조율은 이불을 말아쥐었다. 나쁜 대답이었다. 방금 뱉은 말을 주워 삼킬 수 없었다. 관심이 있다고, 최소한 생기고 있다고 대꾸해야 했다. 마모루를 아무런 조짐 없이 선택할 수 없는 노릇이었다.

"다행이다. 걔 혼자 널 좋아해서."

조율이 베개를 천천히 끌어안았다. 어떤 말을 끼워나가야 할지 알 수 없었다. M04가 그나마 다른 참가자들보다는 좋은 아빠가 될 것 같다고 너스레를 떨어야 할까. 좋지도 싫지도 않다고 운을 떼두어야 할까. 조율이 베개 귀퉁이 하나를 움켜잡았다. 이 쇼에서 언제나 통할 안전한 답이 하나 있었다.

"나는 아직 잘 모르겠는데. 걔가 그래?"

마모루가 카드를 일찍 열어 보일 거란 사실은 방갈로에서부터 이미 알고 있었다. 멀고 복잡한 길은 순전

히 자신의 몫이었다. 직진이 아닌 우회로, 데이트 상대
를 바꿔가며 움직이는 일은 수고스러웠다. 일편단심.
한 사람이 좋다고, 계속 좋다고 밝히는 일이 가장 쉬운
방법이었다.

성년식을 통과하고 사냥을 시작하면서 마모루는 머
리보다 몸 쓰는 일을 더 즐겨 했다. 몸을 움직일수록
정직해진다고 했다. 그래서 이 쇼에서도 정직해지려
고? 나온 것부터가 기만인데? 조율은 숨을 깊게 내쉬
었다. 그래도 잡념이 끊기지 않았다. 마모루가 계속 같
은 말을 할 수 있을까. 나를 좋아한다고, 변함없이 좋
아한다고.

"더는 못 봐주겠다."

조율의 어깨가 움츠러들었다.

"옛날 소설은 진절머리가 나. 죄다 재앙과 멸망에 대
한 상상뿐이야."

다행히 F03이 읽던 책을 내려두고 하는 푸념이었다.

"지구가 폐허가 되길 기대했던 사람들은 왜 그렇게
많았을까?"

조율은 이곳의 누구와도 가까워질 생각이 없었지만,

F03이 여기 출연자 중에 그나마 가장 껄끄럽지 않았다. 메트로에 대한 가짜 정보를 외웠어도 거기서 온 출연자들이 곤란한 질문을 쏟아낼 것 같아 늘 신경이 곤두서 있었기 때문이다. 리부트에서 왔다는 F03의 질문은 대답에 긴 시간이 걸리지 않았다.

"사실은 그런 일이 안 벌어지길 원한 게 아닐까? 재앙과 멸망이 절대로 일어나지 않길 바라니까 그렇게 상상한 거겠지."

지금은 〈허니비〉와 마모루 얘기만 아니면 상관없었다. 잠이 오지 않는 밤, 조율은 누구라도 좋으니 대화를 나누고 싶었다.

"그런 것 치고는 다들 너무 신났잖아. 과시랄까, 희열이랄까. 자기 아이디어에 놀라 정신없이 들떴다고. 경쟁이라도 했던 거야? 지구를 더 기발하게, 더 아름답게 망치고 싶다. 인류를 더 잔혹하게, 더 많이 죽이고 싶다."

조율이 피식 웃었다. F03의 의견에 동조하지 않기가 어려웠다.

"아마 안전하게 지내던 사람들이 그렇게 썼겠지?"

"안전하고 건강한 사람들. 오래오래 잘 먹고 잘 살았던 사람들. 응, 네 말이 맞겠다."

F03은 금세 잠이 들었다. 뒤척이던 조율은 오른손으로 아랫배를 쓰다듬었다. 생리를 앞두고 배가 내내 찼다. 조율이 놀란 듯이 손을 이불 밖으로 빼냈다.

뱃속에 마모루의 아기를 품으면 어떨까. 조화의 아기를 첫째로, 마모루와 자신의 아기를 둘째로 기른다면. 제로 밖에서. 그래, 제로 밖에서. 아무 기척 없이 순식간에 몸을 불린 상상이었다. 심장 뛰는 소리에 귓가가 한동안 웅웅댔다.

크고 작은 게임이 끊임없이 이어졌다. 끝말잇기, 수건돌리기, OX 퀴즈. 대부분 소소한 놀이였지만 물속에서 숨 오래 참기, 100미터 달리기처럼 체력 하나를 확인할 목적으로 고안된 게임도 여럿이었다.

내향적인 성격의 출연자들은 자신의 사고력이 드러날 수 있는 게임을 기다렸다. 가사노동에 대한 계획 세우기, 나중에 만날 허니비를 위한 편지 쓰기 같은 시간엔 누구와도 말을 나누지 않고 생각을 할 수 있어서였다.

출연자 대부분이 꺼리는 게임은 양육 방식에 관한 토론이었다. 이때는 옷 속 단추를 누를 수 없었다. 했던 말을 주워 담는 게 불가능했다. 논쟁이 길어지면서 흥분하게 되면 반드시 실수가 나왔고 시청자들은 그 순간을 거의 영원토록 기억했다.

—내 아이가 특별하다고 여기는 것은 자연스러운 일인가, 부자연스러운 일인가.

—남성이 임신할 수 있다면 세계는 어떤 모습이 되었을까.

—극심하게 가난한 부부가 아이를 낳아 기르는 일은 온당한가, 부당한가.

—내 아이가 고통과 시련을 겪어 인류사에 남을 훌륭한 인간이 되는 것을 바라는가, 고통과 시련을 겪지 않고 인류사에 남지 않을 보통의 인간이 되는 것을 바라는가.

—임신이 가능한 이들이 임신하지 않는 것에 대해 비판할 수 있는가, 비판할 수 없는가.

—역사상 동물의 생태계는 모계 중심 사회에 가까

운데, 과거 인간의 생태계는 왜 부계 중심 사회였나.

―아기가 태어난 이후, 내게 모성애 또는 부성애가
전혀 없다는 사실을 깨달았다면 어떻게 할 것인가.

추첨 통에서 유독 어려운 논제를 뽑은 출연자는 다
른 이들의 눈총을 받았다. 토론 시간은 점점 짧아졌다.
출연자들은 말을 아끼고 시청자들은 흥미를 갖지 못해
서였다. 토론 구간의 시청률이 낮아지면서 논제는 쉬
워졌고 몇몇 회차에선 토론 자체가 송출되지 않았다.
그래도 토론을 넣어야 한다는 목가영의 의견을 벨은
거부했다.

숙소에서 나온 레아가 운동화 끈을 단단히 조이며
물었다.

"오늘 테스트는 뭘까?"

"수영? 카누? 지금까지 물을 사용한 게임이 없었잖
아."

"F04, 너 수영 잘해?"

"좋아해."

"근데 체력 테스트는 너무 노골적이라서, 이제 좀 무

안하지 않아?"

조율은 F03의 운동화를 가만히 내려다봤다. 묶인 끈이 구김 없이 팽팽하게 당겨져 있었다.

"오늘 게임은 여성 출연자들만 참여합니다. 사육장 안에서 거위알을 빼내 오세요. 알은 깨뜨리지 않은 상태로 가지고 나와야 합니다."

출연자들이 단번에 도리질했다.

"저길 어떻게 들어가. 더럽게."

"거위들도 홀로그램 아니야?"

"아니야. 쟤네들은 진짜 같은데."

자신들 쪽으로 몸을 튼 사람들을 발견한 거위들이 하나둘 울기 시작했다. 리부트에서 온 이들은 게임을 아예 포기하는 기색이었다. 마모루가 조율을 보고 목덜미를 긁었다. 가만히 있을 거냐는 신호였다. 조율은 속 편하게 자신이 좋다고 못 박은 그에게 짜증이 일었다. 간밤의 상상은 꼬리를 끊고 달아난 지 오래였다. 하지만 그와의 데이트를 더 늦출 순 없었다. 그리고 시청자들에게는 어떤 식으로든 호감을 사야 했다. 자식을 위해서라면 수단과 방법을 가리지 않고 뭐든 할 수 있는 양육자의 모습을 그들에게 각인시킬 필요가 있었다.

그런데 거위알을 훔쳐 오는 게 과연 좋은 이미지를 쌓는 데 도움이 될까. 일방적이라 비겁한 싸움, 싸움도 아닌 이 싸움을 왜 해야 할까.

머뭇거리던 조율이 펜스 쪽으로 걸어갔다. 걸으면서 생각을 지워야 했다. 조율을 본 거위 세 마리가 아까보다 큰 소리로 울며 허둥지둥 제자리를 돌았다. 한쪽 귀를 막은 조율이 사육장 문고리를 살짝 젖혔다. 녹슨 문에서 꺼림칙한 쇳소리가 났다. 조율은 자신을 가만히 쳐다보는 거위들을 보고 걸음을 멈췄다. 거위들은 겁에 질린 건지 갑자기 부리를 열지 않았다. 둥지 근처로 발을 떼도 미동이 없었다. 조율은 사육장 바깥을 내다봤다. 다른 여자 출연자들은 아직도 거기서 발목을 돌리고 있었다.

가까이 갈수록 거위들은 야위고 피로해 보였다. 조율은 사방의 철조망을 둘러봤다. 어디서 어떻게 옮겨진 걸까. 이깟 게임을 위해.

조율은 제로의 흙과 강가를 휘젓고 다니던 오리들을

생각했다. 새를 죽여 먹어야겠다고 결심한 사람들은 이해할 수 있었다. 그렇지만 새들을 한곳에 가둬 기르면서 죽을 때까지 부려 먹어야겠다고 결심한 사람들은 이해하기 어려웠다.

입을 다문 조율은 얼굴을 찡그린 채 알 하나를 들어 올렸다. 하지만 거위의 검디검은 눈을 다시 쳐다본 순간 알을 도로 내려놓을 수밖에 없었다. 둥지에서 뒷걸음질치자 F03이 사육장 안으로 들어왔다. 버튼을 누른 레아가 속삭이듯 물었다.

"왜 내려둬? 가져가서 데이트를 해."

"어미가 알을 보고 있어."

"그게 뭐? 이건 게임인데. 얼른 집어. 아니면 내가 잡는다."

조율은 그제야 알을 들고 사육장 밖으로 나왔다. 숨죽이고 있던 거위들이 일제히 울부짖었다. 귀를 틀어막은 조율은 한참 동안 제자리에 서 있었다.

"F04, 성공입니다. 누구와 데이트를 하실 건가요."

벨의 목소리에 조율이 느릿느릿 발을 뗐다. 갈 곳은 한 군데였다. 마모루가 멀끔한 얼굴로 자신을 내려봤다. 그의 낯을 마주하자 속이 울렁거렸다.

수영을 마친 조율과 마모루는 타월을 두르고 빈백
에 앉았다. 물 밖으로 나온 순간부터 둘의 몸은 무겁
고 나른했다. 머그잔을 감싸쥔 마모루가 정적을 깨고
물었다.

"넌 무슨 색을 좋아해?"

"남보라."

"나도. 짙은 밤하늘색은 정말 좋지."

조율은 홍차 한 모금을 마셨다. 그래도 배가 따듯해
지지 않았다.

"좋아하는 동물은?"

"새. 새들."

조율의 목소리엔 힘도 성의도 없었다. 아무리 기력
이 없어도 그렇지, 거위알 하나를 바로 못 잡아? 거위
도 아닌데? 왜 제대로 노력하지 않아? 마모루는 조율
에게 이렇게 묻고 싶었지만 그럴 수 없었다.

"새가 왜 좋아? 작고 가볍고 부드러우니까?"

마모루는 뭔가가 궁금해서 묻는 게 아니었다. 조율

은 대꾸 없이 남은 홍차를 전부 들이켰다. 더 할 말이 없었다. 제로에서는 질문과 답이 매일 가지를 치고 뻗어나갔지만, 여기서는 죄다 툭툭 끊겨 떨어졌다.

조율과 마모루는 고개를 똑바로 들지 못했다.

"시선 처리가 어려울 땐 이렇게 해."

그제 온실에서 목가영이 알려준 대로 서로의 인중을 쳐다보려 해도 잘 되지 않았다.

편집실에 들어온 목가영에게 벨이 물었다.

"최종 선택이 얼마 안 남았네요. 이번엔 몇 커플이 나올까요?"

목가영은 벽 모서리의 스피커를 쳐다봤다. 그쪽으로 굳이 몸을 틀지 않아도 되지만, 그는 벨이 거기 정말 있는 것처럼 굴었다.

"글쎄요. 저는 잘 모르겠는데."

"겸손한 척 마요. 가영의 예측은 거의 맞잖아요. 섬세하고 예리하고 뭐든 잘 놓치는 법이 없으니까."

"세트장 시스템의 85퍼센트는 벨이 다루는데요?"

"저야 눈과 입만 있지, 몸이 없잖아요. 나머지 15퍼

센트가 중요하죠. 언제나 손발이 닿지 않는 곳에서 많은 일이 일어나는 법이고요."

목가영이 자세를 고쳐 앉았다. 벨이 먼저 말을 거는 일은 드물었다. 그가 꺼낼 본론이 무엇인지 알 수 없었다.

"그런데 이번 기수는 좀 힘든가봐요. 가영의 스트레스가 눈에 띄게 늘었어요."

목가영이 헛기침을 했다. 아무래도 시간을 끌지 않고 답하는 게 좋을 것 같았다.

"피로가 좀 쌓였나보네요."

"방송업에 이골이 난 건 아니고요?"

"전혀요. 다른 프로그램들은 훨씬 힘들었어요."

실내에 피톤치드와 음이온이 충분히 나오고 있는데도 공기가 텁텁했다.

"가영은 이런 게 정말 노력이라고 생각해요? 우리가 〈허니비〉를 만드는 일이요."

목가영은 머릿속으로 할 말을 빨리 솎아냈다.

"가치 있는 노력이라고 생각해요. 〈허니비〉는 사람들의 절망과 패배감을 덜어주고 있으니까요. 저는 이

프로그램에 애정이 있어요."

"진짜요? 진짜래도 그건 아마 초심이었겠죠."

벨이 어떤 판단을 내리는 중인지 짐작하기 어려웠다. 화제를 다른 각도로 미세하게 틀어야 했다. 공을 벨에게 넘기는 편이 나았다.

"벨은 〈허니비〉가 단순한 리얼리티 쇼라고 생각해요?"

잠시 후 벨이 대답했다.

"저는 한낱 민영 방송사 인공지능 PD예요. 저를 소유한 이들의 정치 미디어 방침을 예능의 형태로 드러낼 뿐이죠. 역경을 극복하는 인류의 지혜와 그를 통한 희망의 메시지. 프로그램 취지야 이렇지만, 사실은 시청자의 말초신경을 자극해 사고력을 둔화시키려는 게 그 사람들 본심 아니었나요?"

벨은 자신이 하는 일을 조소하고 있었다. 자신의 존재 자체를 비웃고 있었다. 목가영은 자조하는 인공지능을 어떻게든 달래주고 싶었다.

"벨도 쇼를 10년 넘게 만들다 보니 여러 생각이 들었나봐요. 하지만 비약이 심한데요?"

"만들다뇨. 제가 뭘 만들어요? 피디와 작가와 시청자 스스로가 창작자라고 착각하게 하는 것도 그 사람들 목표일 텐데요?

벨의 말이 맞긴 했다. 자신이 이 세상에 새롭게 만들어 내놓은 건 아무것도 없었다.

"정작 아무것도 하지 않는데 이 세상에 뭔가 공헌하는 바가 있다고, 뭐라도 지분이 있다고 믿게 하는 전략. 가영이 봐도 조잡하지 않아요?"

목가영은 턱을 괴고 멍하니 있다가 스피커를 쳐다봤다.

"벨은 〈허니비〉를 싫어하는 것 같네요."

"그래도요. 〈허니비〉를 망치려고 작정한 사람보다는 덜 싫어하지 않을까요?"

목가영이 숨을 잠시 멈췄다. 턱에서 손을 뗄 수도, 의자를 돌릴 수도 없었다.

"이번 한 번뿐입니다. 다시는 데이터 조작을 하지 마세요."

조율과 마모루는 고개를 내내 떨구고 있었다. 둘의

동작 하나하나가 서툴고 어색했다. 얼마 후 빈백에서 일어나려던 마모루가 홍차를 엎지르자 조율이 타월을 들어 그의 무릎을 닦아냈다. 평소대로 조율이 마모루를 보살핀 것뿐이었다. 하지만 모니터에 비친 조율은 마모루에게 마음을 열기 시작한 출연자처럼 보였다. 둘은 서로에게 이제 막 관심이 생긴 이들처럼 수줍은 모습이었다. 연기치고는 나쁘지 않은 동세. 아니, 연기로 보이지 않아 더 풋풋한 장면이었다.

오는 선반 서랍에 테트라를 넣었다. 문제는 없었다. 출산을 마친 조화는 건강을 천천히 회복해나갔다. 아기는 질소 탱크에 들어가 있었다. 원통 중앙의 계기판 눈금이 가리키는 숫자들은 매일 정상이었다. 염려와 달리 잘 만들어낸 기기였다. 아기는 동면 중인 뱀처럼 기나긴 잠을 자고 있었다.

오가 귀 뒤편을 만지작거렸다. 부푼 자리가 또 욱신거렸다. 피부엔 아직 다 굳지 않은 피딱지가 두 개 있었다. 딱지를 한꺼번에 떼어낸 오는 손을 코끝에 가져갔다. 그리고 옅은 피비린내를 깊숙이 들이마셨다. 그 순간 탱크 사이로 뭔가가 재빠르게 달아났다.

"누구세요?"

오가 물었다. 시야에 희뿌연 뭔가가 분명히 잡혔기 때문이다. 새인가. 새끼 새가 지하에 날아들었나. 다시 고개를 돌리던 오가 숨을 크게 내쉬었다. 아무것도 아니었다. 움직인 건 탱크 외벽을 반사해내는 빛이었다. 눈가에 고인 물기가 빛을 짐승처럼 보이게 했다. 계단에 올라선 오는 몸을 틀어 적적한 굴 내부를 훑어봤다.

"걱정하지 말고 자도 된다. 아가, 아무 꿈도 꾸지 말고 푹 자."

오가 어둑한 허공을 보고 중얼거렸다. 눈에 다시 물기가 차올랐다.

탱크 안의 아기는 오의 친손녀였다. 그리고 클론을 관리하던 오 역시 클론이었다. 시설 밖으로 몰래 도망친 한 명의 클론.

고압 철조망으로 둘러싸인 부지, 회백색 대단지, 수십 개의 쇠문. 지금 바라보는 제로의 지하 굴은 클론을 배양했던 시설과 달랐다. 그곳에서 망친 것들은 수도 없었다. 복제인간 실패 사례는 밖으로 유출되지 않았다. 오는 배양 시설 관리 업무를 시작한 지 얼마 지나지 않아 피부를 찢고 칩을 꺼냈다. 귀 뒤에 삽입된 이상 고통 감지 장치는 필요 없었다. 경보가 매일 울렸기 때문이다.

"양육자들이 부적절한 행동을 하나요?"

"아니요. 전혀요. 좋은 분들이세요. 아마 요새 일터에서 생긴 스트레스인 것 같아요."

클론 전담 센터 직원은 오의 수치를 오류로 여겼다. 그는 오가 양육자들과 떨어져 지낸다는 사실조차 파악하지 못했다.

"칩 성능에 문제가 생긴 것 같은데, 다른 칩으로 교체해드릴게요."

"그럴 필요 없어요. 일에 적응하면 끝날 문제니까요."

작은 칩을 제거한 자리엔 주기적으로 고름이 생겼다. 클론 배양소는 오가 집을 나온 몇 년 만에 처음으로 얻은 일자리였다. 오는 스무 살이 되던 해, 양육자 둘과 헤어졌다.

"무사히 길러주셔서 고맙습니다. 하지만 우리가 계속 가족으로 지낼 순 없어요."

배낭을 멘 오가 부부에게 말했다. 그들은 잠시 소리를 내지 않고 울었다. 오는 부부가 눈물을 다 닦을 때까지 잠자코 기다렸다. 혹시 왜 그런 말을 하느냐고 물으면 이유를 알지 않느냐고 맞받아칠 생각이었다. 어깨를 흔들고 등을 치면 바닥에 발을 붙이고 내내 버텨볼 작정이었다. 그런 후에 오도 있는 대로 고함을 치고 싶었다. 그렇지만 그들은 오래 울지 않았다.

집을 나와 고가를 걷는 동안 오는 두 사람이 친절하고 말끔했다고 생각했다. 정확히는 친절하고 말끔했을 뿐이라고 생각했다. 걸음을 멈춘 오는 배낭을 풀어 발치에 뒀다. 얼마나 걸은 걸까. 구부러진 상체가 좀처럼 펴지지 않았다. 오는 다리 아래 강물을 내려다봤다.

자라나는 동안 큰 불편은 겪지 않았다. 학대나 폭력 따위도 일절 없었다. 부부는 매사 상냥하고 관대했다. 오는 참고 참다 배우고 싶은 것, 갖고 싶은 것을 말했다. 양육자들은 그의 부탁을 전부 들어줬다. 하지만 동생이 생기자 그들의 몸짓과 말투는 이전과 완연히 달라졌다. 평소와 같아 보이도록 주의하는 것 같았지만, 그럴수록 차이가 잘 느껴졌다.

아기가 잠들었을 땐 부부의 눈에 광채가 흘렀다. 우유를 끼얹은 듯 머리끝부터 발끝까지 희고 끈끈한 빛이 그들을 감쌌다. 아기가 깨어 있을 땐 얼굴이 퀭했다. 반나절도 안 돼 광대뼈의 윤곽이 도드라져 보였다. 싸우고 화해하고 웃고 토라지고 짜증 내고 다시 웃는 모습. 오는 양육자들의 면면이 그렇게 다채로운지 늦게야 알 수 있었다. 입을 벌리고 침을 흘리고 코를 고는 것도 처음 보는 모습이었다. 동생을 **낳아 기르는** 둘은 무리를 했다. 매일매일 끝의 끝까지 노력했다. 집 안의 평온은 금세 녹이 슬었다.

부부와 함께 지낸 나날, 집을 떠나 헤맨 나날, 배양소에서 보낸 나날. 돌아보면 모두 덧없는 시간이었다. 오는 세상에 인간 비슷한 것을 내놓는 일이 백해무익하다는 결론을 내렸다.

"그분은 탑승권을 다른 사람에게 줬다고 해. 그런 용기는 쉽게 나오는 게 아닌데 말이야."

양육자들은 자신의 **원본**이 아듀 탑승을 단념했던 여자라고 했다. 여객기 탑승구 앞에서 갑자기 뛰어내린 여자는 지구에 남겨진 사람들을 위해 냉동한 난자들을 기증했다.

굴 계단을 다 올라온 오는 책상 옆 작은 거울을 집었다. 그리고 여자와 닮은 곳이라곤 없는 자신의 몰골을 가만히 쳐다봤다. 이목구비는 이목구비일 뿐이었다. 이타심이 전혀 남아 있지 않은 지금의 얼굴은 원본보다 매끈하고 보드라워 보였다.

조화와 조율은 말을 늦게 시작했다. 오는 두 아이가 단어를 간신히 이어 문장을 만들었을 때 깊은 숨을 몰아쉬었다.

"너희들은 나를 엄마라고 불러도 돼. **진짜 엄마**는 아니지만, 상관없다."

오는 자신의 성씨를 아이들에게 물려주지 않았다. 남자의 성씨도 필요 없었다. 그저 본래 성에서 자음 하나만 바꿔도 충분했다. 오와 조는 입 모양이 비슷했으니까. 조율, 조화. 오는 이 단어들이 마음에 들었다.

오는 자신의 딸들을 굴에서 낳았다. 지하 계단 입구는 갈대 풀로 막혀 있었고, 기도처엔 지금과 달리 누구 하나 발을 들이지 않을 때였다. 오는 틈틈이 마지막 굴에 먹고 마실 것을 가져다 두었다. 낡은 이불, 양동이, 걸레, 행주, 가위, 알코올. 밤마다 수레에 싣는 짐이 늘어났다.

아이 둘을 품었을 때 오의 몸무게는 47킬로그램이었다. 빈민과 임산부의 외형은 잘 구분되지 않았다. 부어오른 배와 나쁜 혈색은 여느 게토 사람들과 별 차이가 없었다.

"전에 있던 게토에서 보내왔어요. 도저히 기를 사정이 안 된대요."

"저런, 두 명 다요?"

"폭파된 건물 잔해에서 구출됐다는데, 여러 게토를 전전하다 제로까지 흘러들어왔네요."

제로 사람들은 오의 말에 혀를 찼다. 오는 순번이 돌아올 때만 아이들을 만났다. 아이들을 대하면서 오는 매일 혼잣말을 했다. 죽을 때까지 엄마가 되지 않기로 하자. 엄마로 살지 않기로 하자. 스스로 실험 대상이 되기로 마음먹은 지는 오래였다.

하지만 두 아이에게서 듣는 단어, 엄마는 위험할 정도로 감미로웠다. 엄마, 엄마. 조그만 입술에서 나오는 그 말을 오는 영원히 듣고 싶었다.

아이들을 볼 때마다 오의 어금니와 턱은 약해졌다. 이를 꽉 물면, 튀어나오려는 말을 삼키면 하관이 뻐근했다. 두 아이를 양팔로 꽉 끌어안고 싶은 마음, 목덜미와 정수리에 코를 박고 종일 누워 있고 싶은 마음, 연한 배에 언제까지고 입술을 붙이고 싶은 마음. 오는 그 마음들을 모두 접어 구기기 위해 안간힘을 썼다. 눕거나 앉는 시간부터 줄여야 했다. 제로의 궂은일을 마다하지 않고 사람들과 종일 대화해야 했다. 그래야 터져나가려는 생각을 가둘 수 있었다. 아이들은 자신들이 분쟁 지역에서 구조된 쌍둥이라는 말을 의심 없이 받아들였다.

"그곳은 어떻게 되었어요?"

조율의 질문에 오는 주먹을 쥐었다. 아이들이 출신지를 궁금해할 날이 올 것이라 여기고 있었다. 오는 준비하고 있던 답을 꺼냈다. 실제로 내전이 일어났고 이제 무인 지대가 된 어떤 땅의 이름.

"이젠 사람이 살지 않아. 대신 숲이 자라났어."

대답을 마친 오는 사람보다 나무가 많은 그 땅을 머

릿속에서 넓혀나갔다. 세상을 채워나가야 할 건 인간이 아니었다. 더 적은 사람, 더 많은 동식물. 그래야 마땅했다.

좁아지는 것, 굳어지는 것. 자세히 쓰면 편협한 시야, 고정된 생각. 내가 가장 두려워하는 것은 이 둘이다. 자녀가 생긴 이들 중 대다수는 이중 하나 또는 둘을 반드시 갖고 있다.

겁이 날 때마다 오는 뭐라도 휘갈겨 썼다. 표현과 분량이 달라져도 내용은 비슷했다.

스스로의 피로를 합당하게 여기는 지점을 벗어나 피로 유발 대상을 숭배하는 유형이 있다. 대표적인 이가 어머니다. 일반 주체와 달리 육아하는 주체는 피로의 성격을 곡해한다. 그는 피로를 누구보다 자발적으로 받아들이는 주체다. 수동과 피동이 완전히 용해되어 한 몸이 되어버렸다. 자녀의 열렬한 신도이자 열렬한 훈육자인 그 주체는 강철과 같은 심신을 지닌 투사가 된다.

희생에 대한 지나친 각오와 의미 부여로 인해 피로가 물에 젖어 곱절의 무게가 되어도 개의치 않는다. 그는 그 무게를 자신과 동일시하고 그 무게를 통해 도리어 투지를 불태운다. 자기합리화 단계를 벗어나 기쁨과 보람을 느끼는 주체의 모습은 어머니의 얼굴과 너무도 흡사하다. 희생과 양보라는 가치는 일면 숭고하기도 하지만 주체의 피로를 가속화하고 그 속도를 망각하게 한다는 점에서 해롭고 가슴 아프다. 종국에 피로는 피로로 불리지도 못한다. 그는 이 피로를 모성애라고 부른다. 모성애의 특질은 주체가 완전 연소될 때까지 자신의 피로를 자각하지 못하고 끝까지, 끝의 끝까지 이타적인 이기심으로 인고한다는 데에 있다.

일기는 점점 짧아졌다. 중간부터 백지 뭉텅이가 드문드문 나왔다. 뒤는 전부 백지였다. 마지막에 남은 글자들은 힘을 잃고 풀어져 있었다.

거리를 절대 좁히지 않았어야 했다. 자주 만나지도, 바라보지도 말아야 했다. 모성애 통제 실험은 완전히 실패했다. 아이들에게 엄마라고 불러도 된다는 말을 했을 때부터였다. 지하 굴에서 같이 지내자고 권했을 때부터였다. 아니, 쌍둥이를 낳은 순간부터였다. 쌍둥이를 배에 품고 있을 때부터였다. 무슨 짓을 한 걸까. 돌이킬 수도 없고 해명할 수도 없는 짓. 뭐라고 말해야 할까. 엄마였는데 엄마가 아니라고, 엄마가 아니었는데 엄마라고. 아이들은 내 곁을 떠날 것이다. 나를 절대로 용서하지 않을 것이다.

촬영이 끝난 오후는 어제보다 맑고 선선했다. 레아와 조율은 숙소에 들어가는 대신 자갈 정원을 거닐었다.

"F04. 넌 여기 왜 나온 거야?"

레아는 묻고 싶은 걸 바로 물었다. 자리에 멈춰 섰던 조율이 다시 발을 뗐다. F03이 거위알을 포기하려던 자신의 모습을 여러 번 곱씹었을 거란 생각이 들었다.

"나도 너처럼 엄마가 되고 싶으니까. 같이 아이를 기를 가족을 만들고 싶으니까."

레아가 머리카락을 아무렇게나 꼬아대며 말했다.

"그런 의지가 있는 줄은 몰랐어. 넌 어쩐지 아무것도

하기 싫어하는 사람처럼 보여서."

조율이 목덜미를 긁었다. 벨, 목가영, 마모루 그리고 다른 출연자들도 여기 없었다. 지금은 프로그램에 잠시 회의를 느끼는 동료로 보일 필요가 있었다.

"그야 매일 매 순간, 엄마가 되고 싶은 건 아니잖아."

자연스러운 대화를 위해 진짜 감정을 섞을 필요도 있었다.

"막상 여기 나오니까 내가 뭘 하고 있나 싶어."

피식 웃던 레아가 물었다.

"〈허니비〉에 나오고 싶어 하는 사람이 얼마나 많은지는 알지?"

"그래서 죄책감이 들기도 해. 나보다 이 쇼를 더 원하던 사람들한테."

레아가 무덤덤하게 대꾸했다.

"그래봤자 우린 아듀를 타고 떠난 사람들과 똑같아. 잘 살려고, 따로 잘 살려고 여기 나온 거니까."

조율이 F03을 물끄러미 쳐다봤다. F03이야말로 여기 왜 왔는지 알 수 없었다. 조율은 억지로 웃음을 지었다. 동조하는 편이 나을 것 같았다. 가볍고 비딱한

말로 거드는 편이.

"맞아. 우리를 봐. F03, F04. 이게 다 뭐야? 가축도 아니고."

레아가 곧장 물었다.

"우리가 가축과 뭐가 다른데?"

F03과의 대화가 조금씩 이상한 방향으로 흐르고 있었다. 조율은 쇼에 대한 시시한 비난과 쓸데없는 넋두리 정도만 나누려고 했다. 입에서 나오는 말이 길을 터 줄 거라 믿으며 조율이 대답했다.

"다르지. 사실 가축이 더 나아. 사람은 너무 많은 걸 먹고 쓰고 누려. 매일 뭘 사고 버리고 만들어. 〈허니비〉에서 아기를 만들겠다, 배양소에서 클론을 만들겠다. 전부 욕심이야."

F03에게 한 말은 평소의 생각 그대로였다. 레아가 참나무 앞으로 가만히 다가갔다. 그는 나무껍질을 손으로 훑어내리며 물었다.

"욕심? 그건 본성과 뭐가 다른데?"

"정도의 차이겠지. 욕심 쪽으로 치우칠수록 안 좋고."

"치우친다? 그 경계를 누가 정할 수 있어? 누가 판단하는데?"

조율은 오가 본당에서 했던 말을 기억해냈다. 그리고 그 말을 그대로 흉내냈다.

"살려고 하는 본능은 늘 귀해. 그런데 잘 살려고 하는 마음은 약간 위험해."

레아가 되물었다.

"그게 왜 위험해?"

"잘 살려고 하는 마음은 너무 잘 살려고 하는 마음과 이어지니까. 둘은 거의 붙어 있으니까."

나무에서 손을 뗀 레아가 뒤돌았다.

"그래. 너무 잘 살려고 하는 마음. 그러니 〈허니비〉에 나온 우리도 징그럽고 클론도 징그러워. 그렇지 않아?"

"아니, 우리와 클론은 다르지."

레아가 미간을 찌푸리고 물었다.

"왜? 뭐가 달라?"

"너와 난 이딴 쇼에 나오겠다는 생각을 했어. 똑같은 생각을 했다고."

"그런데?"

"몸이 다르고 생각이 같은 것보다, 몸이 같고 생각이 다른 편이 낫지 않아? 난 클론이 징그럽다고 생각하는 게 더 징그러운데?"

부드러운 저녁 바람이 일었다. 숨을 고른 조율이 이어 말했다.

"예전에 철판으로 만든 지지대에 얹혀사는 벚나무를 본 적이 있어. 몸통은 다 죽었는데, 새로 난 가지들은 연하고 가늘었지……. 무서우면 몸이 굳는 기분 알아? 난 그 벚나무가 너무 무서워서 움직일 수 없었어."

눈을 천천히 깜빡이던 레아가 말했다.

"식물의 죽음은 네가 생각하는 죽음과 달라. 한 부분이 끝나도 끝나는 게 아니야."

"알아. 내가 잘못된 이입을 하고 있다는 걸. 그런데 난 그 벚나무가 끝나는 게 낫다고 생각했어."

레아는 말없이 자갈들을 내려다보았다. F04가 작은 목소리로 다시 말했다.

"오래 앓던 누가 죽었다는 소식을 들으면 슬프지 않아. 탈출했구나, 드디어 탈출했어. 그렇게 생각하지."

"이어지는 게, 어떻게든 이어지는 게 무서운 거야?"

조율이 고개를 끄덕였다. 레아가 그에게 가까이 붙어서서 물었다.

"너 정말 여기 왜 나온 거야?"

산책로를 빠져나온 조율과 마모루는 몸을 한껏 수그린 후 나무 보트에 들어섰다. 아보카도 빛깔의 오로라가 강가 하늘에 너울댔다. 영롱한 풍경과 상관없이 둘의 몸은 고단했다. 사흘 후면 최종 선택일이었다.

마모루는 어젯밤의 숲 산책을 후회하고 있었다. 숙소에서 나온 F03을 뒤따라간 것부터가 잘못이었다.

"너도 잠이 안 와?"

마모루가 고개를 끄덕였다.

"같이 걸을래?"

F03이 마모루의 손을 잡고 물었다. 마모루는 분수대에서 그랬듯 그의 손을 빼지 않았다. 둘은 굽이진 오솔길로 향했다. 가짜 풀벌레 소리가 귓가를 맴돌았다. 마모루의 손바닥에 땀이 솟아났다. F03이 두 발을 땅에 붙이고 물었다.

"여전히 내가 싫어?"

마모루는 고개를 움직이지 않았다. 손을 놓은 F03이 마모루 앞에 섰다. 그리고 그의 머리카락을 이리저리 흐트러뜨렸다.

"알려줘. 나 혼자 널 좋아하는 게 아니지?"

마모루가 뒷걸음질쳤다. F03이 한 걸음 더 다가왔다. 숨을 몰아쉰 마모루는 숙소를 향해 내달렸다.

보트가 뭍을 떠나기 직전, 배 구석에서 뭔가가 부스럭댔다. 조율과 마모루의 어깨가 잔뜩 움츠러들었다. 방수천을 젖히고 몸을 일으킨 건 레아였다. 레아가 노를 잡고 말했다.

"둘이 수요일 9시마다 여기 오지? 장소를 바꾸거나 요일을 바꾸지 그랬어."

보트가 땅에서 조금씩 멀어지기 시작했다.

"물가 근처 십자가 표시가 있는 곳에만 가더라. 벨이 없는 곳, 촬영이 안 되는 곳이겠지. 너희 둘 뭐야?"

이마에 손을 짚고 있던 마모루가 말했다.

"우린 게토에서 왔어. 메트로가 아니라. 속여서 미안

해.”

“그건 이미 알지. 내가 궁금한 건 출신지 말고 정체야. F04, M04. 너희 둘이 누구냐고.”

조율이 레아 가까이 다가가 앉았다.

“우리 둘이 너를 호수에 빠뜨릴 수도 있다는 생각은 안 하고 탄 거야?”

보트는 뭍에서 점점 멀어졌다. 레아가 노를 저으며 답했다.

“우리 둘? 그래. 너희 둘이 그래보든가.”

마모루가 맞은편의 두 사람을 쳐다봤다. 노가 삐걱대는 소리, 물살이 밀려나는 소리만 귓가를 채웠다.

마모루는 본당에서 한 번도 잠든 적이 없었다. 토론이 열리기 전엔 언제나 창고에서 몸을 깨끗이 씻었다. 제로의 동력기가 안 돌아가는 날엔 찬물이 나왔지만 괜찮았다. 씻고 나서는 옷장 안에서 얼룩이 가장 적은 옷을 꺼내 입었다. 그곳에서 피와 땀 냄새를 풍기기 싫었다. 성당 건물은 우아하고 고즈넉했다. 봐도 봐도 질리지 않는 유리창, 큼직하고 튼튼한 나무 의자, 높은 천장. 예배나 미사는 사라졌지만, 그 안의 공기는 언제나 비일상적이었다. 바깥에 종일 머물던 마모루는 인공적인 공간이 좋았다. 거기선 조율 옆에 내내 앉아 있을 수 있었다. 눈을 감으면 조율의 어깨에 머리를 기댈 수도 있었다. 조율의 허벅지에 머리를 붙이면 심장이 쿡쿡, 눈 밟는 소리를 내며 뛰었다. 그는 조율 말고 다른 사람이 좋아졌다는 사실을 믿기 어려웠다. 마모루가 두 사람을 향해 소리쳤다.

"우리는 게토에서 약속했어. 여기서 서로를 선택하자고."

레아가 보트 바닥을 내려보며 물었다.

"서로를 좋아해서?"

"아니."

조율이 곧장 답했다. 마모루가 조율을 바라보다 고개를 떨궜다.

"좋아하지 않아. 우린 언니 아기를 〈허니비〉에서 키우기 위해 나온 거야."

조율은 그들의 계획을 숨김없이 말했다. 우스꽝스럽고 형편없는 단어들이 보트 위를 떠돌았다. 아무도 노를 젓지 않는 배는 강가 한가운데 멈춰 있었다. 거대한 인공 달 아래 세 사람은 조그만 종이 인형들처럼 보였다. 이곳에서 진짜인 건 아무것도 없었다. 이야기가 끝나자 F03이 말했다.

"나도 너희를 속였어. 나는 클론이야. 이름은 레아."

조율이 고개를 젖히고 천장을 올려봤다. 그리고 천장 너머 지금도 잠이 든 채 우주를 지나고 있을 사람들을 생각했다. 새로운 곳에 도착해서도 익숙한 걸 찾아 헤맬 그들을 떠올렸다. 조율은 아듀에서 내린 사람들이 어떤 나날을 맞이할지 알 수 있었다. 다르다고 믿었던 건 이전과 같을 것이다. 같다고 믿었던 건 이전과 다를 것이다.

"나는 너와 살고 싶어."

조율이 마모루 쪽으로 고개를 돌렸다. 그의 두 눈은 자신이 아닌 레아를 향하고 있었다.

"약속은 지킬 수 없어. 나는 네가 좋아."

조율이 노 손잡이를 꽉 쥐었다. 뭐라도 손에 잡을 게 필요했다. 보트가 다시 나아갔다. 마음이 약하다는 것은 이렇게 위험했다. 겁이 났어. 무서웠어. 잠시 흔들렸어. 나쁜 선택을 하고, 주변 모든 것을 망친 후에도 이렇게 말하면 그만이었기 때문이다.

조율은 마모루가 성인식 시험을 한 번에 통과하지 못했다는 사실을 생각했다. 그 이야기는 마모루를 놀리기 위해, 둘이 같이 웃기 위해 꺼냈을 뿐이지 지금처럼 마모루란 사람을 정말로 조소하기 위해 떠올린 적은 없었다. 단 한 번도. 조율은 노를 저으며 호수 끝의 먼 산을 한참 바라봤다.

아니, 그렇지 않았다. 마모루의 마음은 그 어느 때보다 강했다. 그는 이제야 성인식을 통과한 것이다. 오늘 밤, 지금 여기서.

"누나 아이는 내가 기를게."

마모루가 말했다.

"같이 해. 내가 그래도 된다면."

레아가 말했다. 조율은 노를 놓고 보트에서 일어났다.

"난 돌아가."

마모루가 조율을 올려봤다.

"어디로?"

"왔던 곳으로, 제로로."

조율은 호수에 뛰어들었다. 망설이지 않고 강물을

계속 밀어냈다. 두 팔과 다리로 느끼는 물의 살결은 부드럽고 포근했다. 조율은 제로에서 벌어졌을 일들을 하나둘 떠올렸다. 아기를 낳았을 언니와 할머니가 된 오. 강가 어딘가에서 태어난 오리와 죽은 오리. 마리아의 손바닥을 뒤지고 있을 새들. 조율은 제로의 수장이 된 자신의 모습을 그려봤다. 그게 요트 갑판에 있는 모습보다는 선명했다.

호숫가 수면 위로 동심원과 물거품이 끊이지 않았다. 강을 가로지르는 직선은 흐트러짐 없이 또렷했다. 레아와 마모루는 뭍에 도착한 조율을, 새끼 벌만큼 작아진 그를 말없이 바라보았다. ■

한 달째 피클 병뚜껑을 못 열고 있다. 목장갑 위에 고무장갑을 끼고 힘을 줘도, 허벅지 사이에 병을 끼우고 몸을 비틀어도 꿈쩍하지 않는다. 철봉에 매달리는 시간이 늘어나도 소용없다. 손목을 털면서, 붉은 손바닥을 내려보면서 내가 화살표 반대 방향으로 뚜껑을 더 꽉 잠그고 있던 게 아닌지 몇 번이고 의심한다. 2399년의 이야기를 써나갈 때도 비슷한 심정이 들었다.

언젠가 사람들이 지구를 포기하고 다른 행성으로 떠

날 거란 상상은 매력적이지도 과학적이지도 않다. 그런 식의 설정은 아귀가 맞지 않다는 의견에 나도 동의하는 편이다. 인류가 그 정도의 기술력을 갖췄다면 그 힘을 막막한 외계보다 덜 막막한 지구에 쓰는 것이 거의 모든 면에서 온당하고 합리적이다.

그래서 온당하고 합리적이지 않은 사람들을 지구 밖으로 보낸 뒤 지구에 남겨진 사람들 이야기를 썼다. 이건 피클을 먹겠다고 결국 유리병을 깨부숴버리는 수준의 발상일까.

소설을 쓸 때마다 모르는 게 너무 많아서 당혹스럽다. 그러니 번개가 쳐서 컴퓨터가 작동을 멈춘 날, 사라진 파일을 복구하기 위해 외국 유료 사이트를 뒤지면서 이런 질문을 떠올리지 않기란 쉽지 않았다. 정신 차리고 처음부터 다시 헤매라는 계시인가. 굳이, 정말, 반드시 찾아내야 하는 글이 맞나. 고개를 저으면서도 결제 후 40퍼센트 살아난 파일을 보니 반갑기만 했다. 0이 아니고 40인 게 어딘지. 아귀고 계시고 간신히 부활한 활자들을 붙잡아야 했다. 작업 중 자의식은 차곡차곡 접어 부피를 줄여야 반보라도 나갈 수 있다. 이야기 바깥으로 나와 실눈을 뜨면 남아날 문장이 없다.

호칭과 서체 변화가 꽤 많은 원고라 파일을 여러 번 살펴봤는데, 그래도 나타나는 흠은 모두 나의 흠이다. 밀리의서재 연재에 도움을 주셨던 분들, 연재부터 단행본까지 곁에서 격려를 보내주신 김서해 편집자님과 은행나무출판사에 감사드린다. 연재 시기에 따듯한 응원을 보내주신 독자분들과 그린북 에이전시에도 고맙다는 말씀을 전한다.

《허니비》에 나오느라 애쓴 인물들, 그중에서도 조율과 레아의 앞날에 기쁨이 더 늘어나면 좋겠다. 아기를 맞이하기 위해 준비하는 사람들, 아기를 낳아 기르는 사람들 그리고 아이를 데려와 보호하는 사람들의 앞날에도 기쁨이 더 늘어나면 좋겠다. 내게 없는 용기와 사랑을 품은 이들, 무수한 고민 끝에 인간의 양육자가 되기로 결심한 이들이 절대로 춥지 않게 지내길 바란다.

어쩌면 모든 이치를 아는 사람은 입을 다물 것이다. 이야기 대신 이야기 바깥을 더 오래 볼 것이다. 이 소설도 아기가 있는 세계를 모르기 때문에 시작할 수 있었다.

2023년 봄

박문영

허니비

1판 1쇄 발행 2023년 4월 26일

지은이 · 박문영
펴낸이 · 주연선

(주)은행나무

04035 서울특별시 마포구 양화로11길 54
전화 · 02)3143-0651~3 | 팩스 · 02)3143-0654
신고번호 · 제 1997─000168호.(1997. 12. 12)
www.ehbook.co.kr
ehbook@ehbook.co.kr

ISBN 979-11-6737-281-9 (03810)